Jan Flieger

DAS TAL DER HORNISSEN

Jan Flieger

DAS TAL DER HORNISSEN

Militärverlag
der Deutschen Demokratischen
Republik

Generalmajor a. D. Josef Schütz möchte ich meinen Dank für die Hilfe aussprechen, die er mir beim Schreiben dieses Buches durch die Schilderung seiner Erlebnisse gegeben hat.

ISBN 3-327-00146-4

Es gibt kein Schicksal
außer dem, das wir
uns selber schaffen,
mit eigener Hand,
mit unserem Blut.

Pablo Neruda

PROLOG

Über Banská Bystrica kreisten die Krähen...

Die Alten in den slowakischen Tälern sprachen von einem frühen und bitteren Winter in diesem Jahr.

In der Kathedrale wurde das Tedeum zelebriert, und Josef Tiso selbst, dem Panzerzug entstiegen, las die Messe zur Feier des Sieges, Priester und Präsident und Kollaborateur.

Die Männer vor ihm in den schwarzen Uniformen mit dem Totenschädel erhoben ihre Augen zum Kopf mit der Dornenkrone. Aber ihre Herzen erfüllte kein Friede. Sie wußten: Selbst von den Bergen aus, in die sie sich zurückgezogen hatten, würden sie noch weiterkämpfen, diese Soldaten der slowakischen Armee.

Höfle, der General der SS, trat aus der Kathedrale.

Er konnte beginnen, der November neunzehnhundertvierundvierzig. Nun würden seine Männer die Partisanen hetzen und Kälte, Fieber und Hunger die töten, die keine Kugel traf...

ERSTER TEIL

DER TOD

1

Durch das weiße Tal nahte der Tod...

Bärenbach sah ihn kommen, und auch seine Gefährten sahen ihn, die neben ihm hinter den Tannen standen, hinabspähten und ihre Waffen luden, als ginge es in ein geplantes, in ein durch ihre Aufklärer vorbereitetes Gefecht. Aber es würde ein Treffen mit dem Tod werden. Und es war unfaßbar, wie genau sich der Ring des Feindes um das Gebiet schloß, in dem ihre Erdbunker lagen. Woher kannte der Gegner ihren Standort? Und wie hatte er die Posten geräuschlos überwältigen können? Nur Jurek, Zatko und Vasek hatten geschossen. Aber es waren die letzten Posten gewesen. Vor ihnen, weit vor ihnen, standen andere. Was war mit denen geschehen, die so getarnt standen, daß sie nur der Eingeweihte entdecken konnte?

Über die Kahlfläche, die zwischen den Talwänden ausgebreitet schien wie ein gewaltiges weißes Tuch, zog sich eine Schützenkette des Feindes hinweg, die kein Ende nehmen wollte. Sie kam aus dem Wald, überquerte die Talsohle und tauchte in die Tannenschonung unter, die sie noch trennte von Bärenbach und seinen Gefährten.

Es ist die SS, dachte Bärenbach, denn nur sie wagte sich noch auf die Berge, wenn ein ortskundiger Faschist als Führer diente, ein Hlinkagardist. SS-Männer waren ein gnadenloser Feind, sie waren wie Bluthunde. Es konnten Männer der Division «Horst Wessel» sein, auf die sie schon mehrfach gestoßen waren.

Bärenbachs Blick streifte die Kameraden.

Wir können sterben, dachte er, viele von uns. Und selbst

jetzt, im Angesicht des Todes, werden die Gefährten nicht wissen, daß ich in meiner Uniform der Roten Armee und Fechner – abgesprungen aus einem sowjetischen Flugzeug über ihren Bergen – nicht Russen sind, sondern Deutsche wie ihre Todfeinde, die durch die Tannenschonung zu ihnen heraufsteigen und selbst in ihrem Rücken lauern, auf dem Gipfel des Berges. Nie haben sie es ahnen können, weil Fechner und ich tschechisch sprachen oder russisch und uns Sergej nannten und Boris.

Bärenbach fröstelte leicht. Was dachten sie, diese Männer neben ihm, für die er ein Gefühl empfand, als wären sie, so wie sie neben ihm standen, seine Brüder und schon lange in sein Leben getreten? Nicht erst in diesen Monaten, die seinem nächtlichen Absprung gefolgt waren über dem slowakischen Land, dessen Sprache er beherrschte, weil er in einer deutschen Gemeinde im böhmischen Erzgebirge geboren worden war und sie während der Dienstzeit in der tschechoslowakischen Armee, lange vor dem Krieg und noch unter Beneš, von Slowaken erlernt hatte. Er, auf den ein hoher Kopfpreis stand im Reich der SS, kämpfte mit Gefährten, die jeden Deutschen haßten in diesem Krieg. So galt seine Vorsicht auch dem Freund.

Mit jedem seiner Kameraden verband ihn eine Erinnerung, eine Aktion – ein gesprengter Zug, eine vernichtete Einheit der SS –, mit jedem hatte er oftmals Schulter an Schulter gekämpft. Mit jedem von ihnen war er häufig dem Tod sehr nahe gewesen. Viele aus seiner Abteilung hatte er selbst begraben – er dachte an Mirko, an Vasek, den Sibirier Andrej, an Horák.

Und nach diesem Kampf würde es neue Tote geben, denn manchem würde es nicht gelingen, den tödlichen Ring zu sprengen.

Hanůs? Kam er zurück in sein Bergdorf? Zu seinem schwarzhaarigen Nachtgebet, wie er Halina scherzhaft nannte? Ahnte Hanůs, daß er in Minuten sterben konnte? Oder war er der einzige, der entkommen würde?

Oder Karel, dieser Draufgänger, dieser Feldwebel, der zu den slowakischen Soldaten und Offizieren gehörte, die

Ende Oktober neunzehnhundertdreiundvierzig bei Melitopol übergelaufen waren zur Roten Armee? Er, der oft gekämpft hatte im barbarischen Nahkampf mit der SS. Wußte er, daß das hier das Ende sein konnte?

Aber ein Karel gab nie auf, er kämpfte bis zur letzten Patrone, die Arme würde er nie heben, um sich zu ergeben.

Oder Janos, der aus Bratislava stammte, wo er auch zum Zeitpunkt des Aufstandes in der Garnison diente, einer von denen, die noch vor der Entwaffnung durch die Deutschen in das Aufstandsgebiet geflohen waren, nach Banská Bystrica? Bereute er? Entwaffnet hätte er überleben können...

Und Wsewolod, der hinabblickte mit starrem Gesicht? Nahm er innerlich Abschied von seinem Ährenland weit hinter Minsk? Von seinen Birkenwäldern, die er so liebte und von denen ein Lied erzählte, das er auf der Mundharmonika spielte? Wie oft hatte er sie ermuntert, dieser Teufelskerl, wenn sie im Erdbunker hockten vor einem Einsatz oder danach, in nasser Kleidung, die Gesichter gezeichnet vom Kampf, wenn der Hunger in ihren Därmen bohrte und es kein Brot gab, keine Kartoffeln, nichts.

Diesen Wsewolod konnte er sich nicht vorstellen als Toten, als erstarrtes Bündel im Schnee.

Und er selbst? Dachte er an den eigenen Tod? Der beste Tod war ein Geschoß, das ins Herz schlug oder in die Stirn, mitten im Kampf. Doch es gab andere Tode...

Rosel, dachte er mit einem Mal, er dachte ganz stark an seine Frau, er dachte an seine Kinder, an Hilde, an Ida, an den Jungen, den jüngsten, der seinen Vornamen trug. Wann hatte er sie zuletzt gesehen? Sechs Jahre lag der Abschied zurück. Eine unwahrscheinlich lange Zeit, eine unübersehbare Zahl von Tagen.

Aber er mußte an den Kampf denken, er war das einzige, was jetzt galt...

In ihrem Rücken verwehrte der Berg die Flucht, auf dessen Gipfel der Feind im Krummholz lauerte, und im Süden gab es die Schlucht, die er bereits genommen hatte, wie der Schußwechsel verriet, der Minuten zurücklag.

Sie alle besaßen genügend Erfahrung, um das Hämmern deutscher Sturmgewehre von dem sowjetischer Maschinenpistolen unterscheiden zu können, die Zatko, Jurek und Vasek besaßen, die Wachen an diesem Morgen. Ihre Waffen aber schwiegen längst, und als letzte waren Sturmgewehre zu hören gewesen. Und alle drei hatten den strikten Befehl gehabt, nur im äußersten Notfall zu schießen, nur dann.

Der Tod kam von allen Seiten auf sie zu, kam mit weißen Schneehemden und Kapuzen getarnt, kam mit den Totenschädeln der SS. Nur sahen sie ihn nicht mehr. Aber Schritt um Schritt zog er seinen Todesring enger um sie.

Die Männer neben Bärenbach besaßen Gewehre und Schpagins mit dem Trommelmagazin, vier hatten deutsche Sturmgewehre vom Typ MP 44 – Beutewaffen im Ergebnis der Kämpfe. Sie trugen slowakische Uniformen oder deutsche Uniformmäntel zur Täuschung des Feindes wie Fechner. Bärenbach trug die Uniform, in der er abgesprungen war, die Uniform der Roten Armee, nur ohne Rangabzeichen.

Bärenbachs Lippen wurden schmaler, als er an seine Worte dachte: Unsere einzige Hoffnung besteht darin, daß wir uns durchschlagen, immer zu zweit, und es muß in der Schonung geschehen, zwischen den Tannen, weil sie so dicht stehen.

Aber wem würde es gelingen? Ihr Schicksal war mit dem Zufall eng verbunden.

Die ihnen entgegenkamen in der Schonung waren geübte Töter, ausgesucht, und besaßen sicher Erfahrungen im Partisanenkrieg. Bärenbach war erschöpft, doch nicht die Kälte brachte die Erschöpfung, nicht die Märsche und Einsätze, sondern der immerwährende Hunger. Er sah erneut die Gefährten an, die sich vorbereiteten auf den Kampf. Im bleichen Licht des Frosttages wirkten ihre Gesichter wächsern.

Bärenbach entnahm seinem Rucksack zwei Handgranaten und legte die Reservetrommeln für die Maschinenpistole griffbereit, so daß er sie ohne Verzögerung aus dem Rucksack herausreißen konnte.

Seine Hand glitt über die Pistole in der Tasche seines Mantels. Ihre letzte Kugel würde er für sich selbst aufsparen. Die Pistole war nicht mehr die Tokarew, die er beim Absprung besessen und bei einer nächtlichen Flucht verloren hatte. Es war eine Walther P 38. Sie war leichter als die Tokarew, und mit ihr traf er jedes Ziel. Diese Walther verschmolz förmlich mit seiner Hand. Sie hatte ihm zweimal das Leben gerettet, einmal, als die Maschinenpistole versagte beim Gefecht mit den fünf Feldgendarmen, und damals, in der Nacht des Nahkampfes mit der SS am Stellwerk in Oviz.

Es war die schnellste Pistole, die er kannte, und die sicherste. Bei jedem Einsatz trug er sie durchgeladen und gesichert mit sich.

Den Feldgendarm mit den Abzeichen eines Oberfeldwebels, der in der Kneipe sein Soldbuch verlangt hatte, weil Bärenbach vor der Sprengung des Tunnels eine deutsche Uniform trug, schoß er mit ihr nieder. Der Griff zum Sturmgewehr wäre nicht mehr möglich gewesen.

Dann prüfte Bärenbach die Zünder der zwei Handgranaten und schob die eiförmigen, geriffelten Stahlkörper in die Manteltaschen.

Er verschnürte den Rucksack und schnallte ihn wieder auf den Rücken. Er enthielt ein wenig Brot – das würde ihm helfen, den Hunger für zwei oder auch für drei Tage zu betäuben –, ein paar Handgranaten, drei gefüllte Trommelmagazine für die Maschinenpistole und Munition, etwas Verbandzeug und eine Feldflasche, die er vergessen hatte zu füllen.

Bärenbach erhob sich.

Die Männer umarmten sich schweigend. Morho, der Gruß der Partisanen, war wie ein Abschied und für immer.

Das dumpfe Gefühl in Bärenbachs Magen wich einer kalten Ruhe. Er entsicherte die Maschinenpistole. Sein Blick glitt zu den steil ansteigenden Höhen, die oft bis zu ihren Gipfeln von dichten Wäldern bewachsen waren. Die Berge hatten ihnen Schutz gewährt, die Berge, die beinahe endlos über- und hintereinander den Horizont ausfüllten und von denen eine Schwermut ausging, die auch über den Tälern wie ein Nebel lag.

Die Berge schwiegen...

Die Männer glitten in die Schonung, die sich gewaltig ausdehnte und hinabwuchs bis tief in das Tal. Die Bäume waren mannshoch und standen sehr dicht.

Mit Bärenbach ging Fechner.

Tiefe Stille herrschte. Keiner, der es nicht wußte, würde ahnen können, daß zwanzig Männer in Gruppen zu je zwei Mann und in einem Abstand von zehn Metern über die Kämme, die das Tal begrenzten, entkommen wollten. Die einen würden hinabsteigen zum Seitenkamm, der ihnen gegenüberlag, die anderen würden weiterlaufen im Wald unterhalb des Kammes.

Bärenbach sah Fechner zittern – es konnte die Kälte sein oder die Furcht, aber vielleicht waren es auch beide gleichermaßen.

Seine Ohren waren erfüllt vom Knirschen der Schritte im Schnee, obwohl er die Füße mit unendlicher Sorgfalt aufsetzte. Die schweren Zweige der Tannen schlugen ihm ins Gesicht. Wir können sterben, dachte er, denn sie werden auch im Tal lauern, wenn wir die Schonung überwunden haben und noch leben. Viele werden in der Schonung sterben. Sie haben uns umzingelt, und nur in der Schonung können wir ihnen ausweichen. Ihre dicht stehenden Bäume sind unser einziger Schutz.

Seine Augen starrten in das Gewirr der Zweige, die die Last des Schnees herabdrückte, der auf ihnen lag. Bärenbach erschrak, als er das Klicken eines Gewehrverschlusses hörte. Aber die Waffe gehörte einem von den eigenen Kampfgenossen. Noch...

Wenn zwei Gruppen oder drei das Feuer der Schützenkette auf sich lenken würden, mochte ihr Plan gelingen, nur dann. Aber wenn sie in gleicher Weise auf sie zukamen, gestaffelt liefen, in drei Treiberreihen...

Bärenbach erschauerte. Der Feind hatte genug Männer, und die Jäger in ihrem Rücken würden bald ihren Spuren folgen, die in die Schonung führten. Zwischen zwei Feuer aber durften sie nicht geraten.

Der Schnee zu seinen Füßen lag unberührt. Er war in der Nacht gefallen. Bärenbach schritt weiter durch die schmale Baumgasse. Einmal blieb er stehen, lauschte. Fechner stand in der anderen Gasse, seine Hände verkrampften sich um die Maschinenpistole. In seinen Augen sah Bärenbach Unruhe.

Sie schlichen weiter. Eine Wildfährte zog über den Schnee. Den Schneefall nahm Bärenbach erst wahr, als er sich Flocken aus den Augen wischen mußte und er einen Moment lang die Hand von der Waffe löste, so daß sie nur vom Gurt gehalten wurde.

Es war still, und er hörte beinahe den Schnee fallen.

Weiter stapfte er und weiter. Und in jedem Augenblick, der dem vergangenen folgte, konnte es geschehen. Dem Auftauchen des Feindes mußte sofort der Schuß folgen, der tödliche.

Bärenbach hielt die Maschinenpistole mit der rechten Hand, mit der linken schob er die Zweige vorsichtig zurück. Nach fünf Schritten stand er wieder, lauschte, schritt erneut weiter.

Aber die Schritte der anderen, die ihnen entgegenkamen, würde er nicht hören können, wenn er sich selbst bewegte. Die waren im lautlosen Gehen geschult. Bärenbach selbst hatte es im Ausbildungslager gelernt, er konnte sich auch im heißesten Sommer beinahe ohne jedes Geräusch in einem Wald bewegen. Man durfte nur mit der Außenkante der Sohle auftreten, allein dann spürte man das kleinste Ästchen sofort, wich seinem Knacken aus, indem man das Gewicht auf den anderen Fuß verlagerte.

Aber im Winter galten andere Gesetze. Im Winter war die Landschaft stiller als im Sommer, tödlicher, wenn ein Geräusch über das Leben entschied.

Ein Geräusch, ein einziges Geräusch…

Der Feuerschlag setzte plötzlich ein. Es klang, als ob riesige Wassertropfen in schneller Folge auf ein gewaltiges glühendes Blech schlugen. Das Knallen war neben ihm, vor ihm, kam von links, von rechts. Bärenbach hastete vorwärts, und er warf sich in den Schnee, als er eine Gestalt sah, ihre Augen, die ihm unnatürlich groß erschienen. Er schoß in sie hinein. Er sah einen zweiten Mann, einen dritten, er feuerte erneut. Er hörte Schreie, Stöhnen, und er sprang über Sterbende hinweg. In der anderen Gasse schoß Fechner.

Bärenbach hetzte weiter.

Und wieder sah er zwei Männer, die er mit seiner Schpagin traf, und er tötete noch vier, als er die Gassen zwischen den Tannen wechselte.

Das Tal!

Vor ihm lag das Tal, seine weite weiße Fläche und der Wald auf der anderen Seite, der hinaufwuchs bis zum Kamm.

Keuchend stand Fechner neben ihm.

Wie der Stein einer Schleuder schnellte Bärenbach vorwärts, lief, weil er leben wollte. Wenn er ihn erreichte, den Rand des Waldes im Tal, würde er sich retten können.

Er riß den stürzenden Fechner hoch. «Lauf, Fechner», schrie er, «lauf!»

Bärenbach lief gebückt. Er sprang, warf sich hin, lief, spürte die Geschosse neben seinem Körper vorbeijagen, und es war wohl ein Wunder, daß sie die Bäume erreichten, er und Fechner.

Bärenbach warf sich, das Gesicht voran, auf die Erde, als die Sohle des Tales und die Schneefläche hinter ihm lagen.

Mit rotgeäderten Augen starrte Fechner ihn an.

Bärenbachs Knie zitterten, und sein Atem überschlug sich. Fern, ganz fern, hörte er Schüsse. Hatten sie alle Bunker der anderen Gruppen entdeckt? Bärenbach dachte an den neuen Anlaufpunkt für einen solchen Ernstfall. Täler trennten ihn von dort und Kämme. Ein langer Marsch.

Ein schwerer Nebel hüllte die Bäume ein. Bärenbach versuchte den Kopf zu heben, aber es bereitete ihm unsagbare Mühe. Sein dampfender, erschöpfter Körper lag im Schnee.

Noch immer fielen Schüsse, aber das giftige Bellen der Maschinenpistolen klang sehr fern. Dann ratterten zwei Maschinengewehre, und Handgranaten detonierten.

«Sind wir die einzigen?» fragte Fechner leise.

«Wir sind noch nicht durch», keuchte Bärenbach. Er mußte das Magazin seiner Schpagin nicht wechseln, denn er hatte nur ein Drittel seiner einundsiebzig Schuß verbraucht. Plötzlich sah er die Verfolger. Es waren sieben Männer, und sie liefen gebückt ihrem Versteck entgegen, als ob sie wüßten, wo Bärenbach und Fechner lagen.

Bärenbach zielte, aber erst, als er ganz ruhig atmete und sie nahe genug heran waren, schoß er. Vier weiße Gestalten kippten in den Schnee – sie fielen ohne Laut. Die anderen sah Bärenbach nicht mehr. Aus der Schonung kamen immer neue Verfolger, aber sie verschwanden wieder in deren Schutz, als Bärenbach eine Salve hinüberschickte.

«Kommt nur», murmelte er, «kommt nur her.»

Sie können tot sein, dachte er dabei, Hanuš, Karel, Wsewolod und mancher andere. Aber vielleicht haben es doch noch mehr geschafft, sind entkommen über den Kamm, der ihm nun gegenüberlag?

Ferne Schüsse verrieten, daß auch die anderen Bunker entdeckt waren.

Bärenbach beobachtete das Gelände, dabei wünschte er, daß sich die Verfolger, vielleicht auch nur einer, zeigen würden. Er behielt den Finger am Abzug.

«Wir können nicht warten», sagte er, als er tiefer in das Dickicht glitt, «sie umgehen uns. Es sind zu viele.»

Dieser verfluchte Schnee, der die Schritte zur Qual machte!

«Komm!» sagte er zu Fechner.

Der Wald wurde tiefer. Dann stieg er so steil an, daß sie sich nur Meter um Meter hinaufarbeiten konnten. Der Nebel war dichter geworden, unmerklich.

«Wie eine Waschküche», sagte Fechner, als sie den Kamm überquerten und keuchend zurücksahen in das Tal.

Sie liefen weiter durch einen Fichtenwald, und sie stiegen hinab in ein Hochtal. Sie sanken bis zu den Knien in den Schnee und tiefer. Sie spürten, wie das mühsame Gehen im Schnee die Kräfte verbrauchte.

«Am Wildbach müssen sie unsere Spur verlieren», keuchte Bärenbach.

Sie hörten schon ein Plätschern, noch ehe sie den Bach sahen. Bärenbach wußte: Sie mußten in ihm weiterwaten bis zu den Felsen, die in das Wasser ragten, und sie mußten sie ersteigen und dann oben auf dem neuen Kamm weiterlaufen. Nur so konnte sich ihre Fährte verlieren, denn die Verfolger würden neben dem Wasser entlanghetzen, das abwärts floß, würden vorbeilaufen an den Felsen.

2

Wie Spinnenbeine krallten sich Bärenbachs Finger in die Wand des Felsens. Unendlich vorsichtig ertastete er den Weg nach oben mit den Fingern, Knien und Füßen. Aber er kannte die Felsen, denn an dieser Stelle waren sie schon hinaufgestiegen, nur war es Herbst gewesen und das Gestein nicht vereist. Auch Fechner schaffte den Aufstieg.

Sie liefen weiter und wichen den Straßen aus, und sie vermieden, die Berge zu ersteigen, die aus den Wäldern emporzuwachsen schienen und zwischen denen wie eingeschnitten Täler lagen.

Beim Abstieg glitten sie aus, stürzten, bis Gestrüpp ihren Fall aufhielt, und Zweige schnitten wie Messer in ihre Gesichter, ihre Hände. Stiegen sie bergauf, rutschten sie aus, und jedesmal blieben sie einen Augenblick lang liegen, um zu verschnaufen. Sie waren überzeugt, daß die SS ihnen noch immer folgen würde. Sicher waren es nicht viele, aber die Zähesten gewiß.

Der Schneefall setzte aus, und der Nebel wich einer blassen Sonne.

Bis zum Mittag kamen sie gut voran. Sie aßen Brot, doch teilten sie es ein, sie wußten nicht, wann sie wieder etwas Eßbares erhalten würden. Aber dann begann der Durst, und obwohl die Kälte zunahm, machte er ihre Münder trocken und das Schlucken zur Qual.

Nach dem Sonnenstand schlossen sie, daß es ein oder zwei Uhr sein mochte. Sie stießen auf eine Straße, die von beiden Seiten von dichtem verschneitem Gesträuch umsäumt war. Fahrzeuge hatten den Schnee festgewalzt zu einer dünnen schmutzigen Decke. Das Geräusch vor ihnen nahm Bärenbach nur wahr, weil seine Sinne überwach waren. Blitzschnell warfen sie sich hinter die Büsche, blieben reglos liegen.

Es war eine Gruppe deutscher Soldaten, die in einer Reihe vorbeizog. Sie trugen ihr Sturmgepäck, und die Karabiner hingen von ihren Schultern herab, so daß die Läufe nach vorn wiesen, in Richtung ihrer Schritte. Schweigend marschierten sie, ihre Gesichter erschienen Bärenbach steinern, tot. Er hätte sie niedermähen können, ohne Gewissensbisse zu verspüren, denn aus dem Abstand glichen sie nicht menschlichen Wesen, sondern Maschinen, die nur töten konnten. Und doch wußte er im Augenblick seines höchsten Hasses, daß hinter diesen erstarrten Soldatengesichtern, hinter ihren Stirnen, die der Helm verdeckte, Erinnerungen aufgespeichert waren, Gefühle und Wünsche, und daß ein jeder von ihnen auf irgendeine Weise anders war als die übrigen. Jeder war ein Mensch. Und doch ein Feind. Ein Todfeind! Aber er durfte nicht schießen, weil dann die Verfolger mit Sicherheit ihre Spuren finden würden.

Erst als die Gruppe schon lange vorbeigezogen war, setzten Bärenbach und Fechner in der entgegengesetzten Richtung ihren Weg fort.

Sie verließen die Straße, um in einem Tal einen Bach zu finden, bahnten sich einen Weg abwärts durch den Schnee. Sie fürchteten, daß sie ihr trockenes Brot nicht mehr hinunterbringen würden ohne Wasser.

Sie erreichten eine Talsohle und arbeiteten sich an den Bach heran. Das Wasser war so kalt, daß die Zähne schmerzten und die Finger, auch wenn man sie nur kurz in den Bach tauchte. Sie füllten ihre Feldflaschen, damit sich das Wasser während des Marsches erwärmen konnte.

Einem Waldabschnitt folgte ein alter Holzschlag, auf dem wieder junge Bäume wuchsen. Der Kamm, zu dem sie hinaufstiegen, war sehr breit. Nach einem kurzen Abstieg in einen Sattel wölbte er sich vor ihnen in einem mächtigen

Bogen gegen Norden und führte zu einem kuppelförmigen, schneebedeckten Gipfel, der sicher im Sommer mit Gras bewachsen war. Sie stiegen in ein Tal hinab und mußten dabei einem Dickicht aus Latschenkiefern ausweichen, das sie nicht durchdringen konnten.

Eine Stunde benötigten sie, um das Tal zu durchqueren. Bärenbach und Fechner mußten über die glatten Steine eines Bachbettes, und nichts fürchteten sie mehr als einen Sturz, denn ein verstauchter Fuß konnte das Ende bedeuten.

Sie kletterten den Abhang einer Schlucht hinauf. Hoch über ihnen kreiste ein Steinadler. Einmal kniete Fechner, hob sein erschöpftes Gesicht zu Bärenbach.

«Ich kann nicht mehr», stöhnte er.

Bärenbach riß ihn hoch, heftiger, als er es gewollt hatte, aber jede Schwäche konnte den Tod bringen. Wenn sie durchkamen, waren alle Anstrengungen der Welt gleichgültig, sie mußten einfach laufen, laufen, laufen. Man konnte zwei Tage laufen ohne Schlaf, wenn man sich nur zwang, das wußte Bärenbach.

Es wurde zusehends dunkel, und die Nacht kam so schnell, daß sie nur noch die schwachen Umrisse ihrer Umwelt ausmachen konnten. Fern, ganz fern, hörten sie wieder Schüsse.

Die Nacht war kalt, klar und still. Jedes Geräusch klang bedrohlich.

Die Stille verstärkte jeden Laut.

Die Stille flößte Furcht ein.

Sie kämpften sich weiter, indem sie sich von Baum zu Baum tastend vorwärts bewegten.

Die Kälte schien zuzunehmen, sie biß in ihre Gesichter, drang in die Haut, als wollte sie sie von den Knochen schaben.

Es wurde eine unendlich lange Nacht. Noch nie, dachte Bärenbach, habe ich eine solche Nacht erlebt.

Sie hockten dann, eng zusammengepreßt, in einer kleinen Felsspalte, hockten auf Tannenreisig und versuchten

im Sitzen zu schlafen. Minuten schienen Stunden zu sein, Tage. Es war eine endlose Nacht.

Vor ihnen stieg eine Leuchtkugel im steilen Bogen auf. Zwei Täler vor ihnen würde sie an einem Fallschirm niederschweben und die Gegend in ihr kaltes, weißes Licht tauchen.

Bärenbach preßte seine Finger ineinander. Wann würde für Fechner und ihn eine Leuchtkugel aufsteigen im Tal? Sie waren doch das Wild, das aufgespürt werden sollte.

Endete diese Nacht nie, war es eine Kette von Nächten, die den Tag verschlungen hatte und die Sonne?

Bärenbach zählte die vermeintlichen Minuten. Er dachte, es müsse schon vier oder fünf Uhr sein, aber es war sicher erst zwei.

Bärenbach ersehnte den Morgen, er erwartete ihn mit seinem ganzen Herzen, er wünschte ihn herbei. Dann schlief er endlich, aber er erwachte bald wieder, weil er fror. Er dachte an den Morgen. Und als er beinahe aufgehört hatte, an ihn zu denken, stieg die Dämmerung hinter den Bergen auf. Ein fahles, erstes Licht überzog den Himmel.

Bärenbach erhob sich. Fechner schrak zusammen, riß die Waffe hoch, sah Bärenbach an mit einem Gesicht, das der Schreck entstellte.

Ruhig, winkte Bärenbach ab, es ist nichts. Er legte die Hand auf Fechners Schulter.

Sie stapften südwärts weiter. Bärenbach fluchte, weil kein Schnee fiel, der ihre Spuren verdeckte. Er streifte Fechner mit einem besorgten Blick, weil der zerbrochen wirkte, ohne Hoffnung. Und doch hielt diesen Fechner irgend etwas aufrecht, eine Kraft, die stärker war als er, die ihn bestärkte, die müden Beine zu heben.

Warum kam er nicht, dieser verdammte Schnee! Bärenbach versuchte sich zu erinnern, welcher Tag der Woche es sein konnte, doch es wollte ihm nicht gelingen, als ob der Frost sein Gedächtnis gelähmt hatte. Er fluchte leise vor sich hin, um die Gedanken zu verdrängen, die ihm völlig sinnlos schienen, da es ihm gleichgültig sein konnte, welch ein Tag heute war. Eins allein galt: sie abzuschütteln, diese Verfolger, oder sie zu erwarten mit der Maschinenpistole im Anschlag. Aber dann mußte man sie treffen, alle und mit der ersten Salve, denn, wenn sie ausschwärmten, diese Männer, würde es keine Rettung geben für ihn und Fechner. An eine Gefangenschaft durfte man nicht denken, und bevor diese Wölfe sie fassen konnten, das wußte Bärenbach, würde er Fechner erschießen müssen, wenn dieser nicht die Kraft fand. Und sich selbst danach.

Der eisige Bergwind fuhr über sein Gesicht.

Und endlich fiel wieder Schnee, anfangs nur ein paar Flocken, dann fielen sie dichter.

Bärenbach wollte jubeln, denn je dichter der Schnee fiel, um so schneller würde er ihre Spuren bedecken. Doch Bärenbach stand schweigend, und er hob sein Gesicht zum Himmel, und die Flocken begannen auf seiner Hand zu schmelzen. Eine wilde Freude erfüllte ihn: Das Glück dieses Morgens war dieser Schnee! Es machte ihn sprachlos, dieses Glück.

Der Schnee fiel dichter. Flocken schmolzen auf seinen Lippen. Er blickte zu Fechner, der sein Gesicht gegen den Boden preßte und dessen Schultern bebten.

«Komm schon», sagte er leise.

Sie kämpften sich die Talwand hinauf, und sie hörten ein Maschinengewehr rattern. Die Schüsse klangen weit herüber.

Fechner blieb stehen. Er lehnte sich gegen einen Baum, bevor er taumelnd Bärenbach folgte, der schon zehn Meter vor ihm herlief.

Ein Vogel schrie. Er mußte irgendwo in den Ästen der Tannen sitzen, auf die sie zugingen. Unwillkürlich verlangsamten sie ihre Schritte.

«Er ruft nach seinem Weibchen», sagte Bärenbach leise zu Fechner, als er in die Tannen spähte, aber er konnte den Vogel nicht sehen. Sie standen eng an zwei Stämme gepreßt.

Der Vogel schrie weiter, schriller. Es war ein gespenstischer Schrei.

Beide standen sie reglos. Ihr Herzschlag schien lauter als jedes andere Geräusch um sie herum. Ihre Herzen klopften an das Holz der Stämme.

Mit schußbereiter Waffe beobachtete Bärenbach den Fichtenwald, als Fechner über die Lichtung hetzte. Warum lief er nicht schneller?

Noch zwanzig Meter, noch zehn..., noch zwei.

Aber kein Schuß fiel.

Dann, da nun Fechner Bärenbachs Lauf über die Lichtung aus einem sicheren Versteck heraus würde schützen können, rannte auch er zu ihm hinüber.

Sie stapften in den Wald hinein. Es gab nicht viel Unterholz, so daß sie schnell vorankamen. Eine Stunde lang führte ihr Weg weiter quer durch den Wald. Später fiel der Boden steil ab. Bärenbach schlug seine Karte auf, fand ein Tal eingezeichnet, das etwa sechs Kilometer in südwestliche Richtung führte und dann in ein anderes Tal mündete.

Von diesem mußten sie nach Norden abbiegen, um in ihr neues, ihr geplantes Operationsgebiet zu gelangen, das nahe bei dem Dorf lag, dessen Name auf Bärenbachs Karte verwischt war.

3

Das Gefälle wurde stärker und stärker. Später lichtete sich der Wald.

Sie standen vor einer fast senkrecht abfallenden Schlucht. Vielleicht dreißig, vielleicht auch vierzig Meter unter ihnen schäumte ein Wildbach zwischen Eisschollen, Felsen und Schnee. Auf der anderen Seite der Schlucht wuchsen wieder Tannen, und hinter den Tannen begann ein Wald, dessen Bäume aussahen wie Fahnenstangen, die man in den Schnee gesteckt hatte, beinahe kahl. Wie Schleier wehten ein paar Zweige im Wind.

«Wir müssen hinunter», sagte Bärenbach, «und drüben wieder hinauf. Die Schlucht ist sehr lang, wir verlieren zwei Stunden, wenn wir sie umgehen.»

Sie liefen an ihrem Rand entlang, bis sie eine Stelle fanden, die, mit Gesträuch bewachsen, einen Abstieg ermöglichte.

Schritt für Schritt tastete sich Bärenbach in die Tiefe, während Fechner in die Gegend spähte und die Waffe entsichert hielt. Dann folgte er Bärenbach.

Die Schlucht war nicht breiter als fünfzehn Meter. Der Bach hatte eine schmale Rinne durch den Schnee gefressen, dabei vereiste Felsbrocken freigelegt, auf denen sie sich hinübertasteten.

Auf der anderen Seite war der Hang sehr glatt, sie rutschten mehrmals ab, ehe sie ihn erklimmen konnten.

Dann schritten sie durch einen Wald, der kein Ende nehmen wollte. Bärenbach ließ Fechner als ersten gehen, damit der Gefährte nicht hinter seinem Rücken unbemerkt zusammensank.

Sie liefen in einer schmalen Schneise, die zwischen Tannen hindurchführte. Sie liefen so nahe an den Bäumen, daß sie beim Laufen mit den Schultern die Zweige berührten und der Schnee herabrieselte.

Der Schuß fiel plötzlich. Es war ein einzelner Schuß. Fechner krümmte sich zusammen, ehe er seitwärts zwischen die Tannen stürzte. Sofort warf sich auch Bärenbach in ihren Schutz.

Wer hatte geschossen? War es nur ein Schütze? Lauerte er mit anderen im Schutz der Stämme?

Bärenbach spähte in die Richtung, aus der der Schuß gekommen war – aber nichts geschah. Es konnte ein versprengter Partisan sein, der sie für Deutsche hielt. Oder ein Suchtrupp der SS. Ihre Verfolger konnten es unmöglich sein. Wie sollten sie gegangen sein? Oder folgten sie ihnen in mehreren Gruppen? Waren sie es doch? War das gesamte Gebiet umstellt? Wollten sie ihn lebend?

Endlos lange beobachtete Bärenbach die Tannen. Er spürte die Nähe des Todes fast körperlich. Immer wenn die Angst begann, die sich vom Magen aufwärts auszubreiten schien, spürte er sie. Und es hätte ihn nicht verwundert, wenn der Tod ein bestimmtes Gesicht besäße.

Wo lauerte der Feind? Hatte man ihn bereits im Visier? Doch er mußte zu Fechner, weil der getroffen im Schnee lag und verbluten konnte.

Bärenbach robbte zu ihm hin, und als er sah, daß Fechner lebte, zog er ihn weiter in den Wald hinein, knöpfte dem Bewußtlosen die Kleidung auf. Der Schweiß stand ihm auf der Stirn, als er das Loch über Fechners Leiste sah, ein kreisrundes Loch, das ungewöhnlich groß war für ein MPi-Geschoß und aus dem ein Stück Darm herausquoll.

Bärenbach lauschte weiter. Gedeckt durch das Tannendickicht beobachtete er den gegenüberliegenden Waldrand. Dann entnahm er dem Rucksack das Verbandpäckchen und versuchte, das Stück Darm mit dem Finger in die Wunde zurückzudrücken. Es gelang ihm nicht, es war zu glatt.

Noch nie hatte er eine solche Wunde gesehen. Seine Hände zitterten.

Fechner stöhnte, und blutiger Schaum stand vor seinem Mund. Endlich gelang es Bärenbach, die Wunde zu verbinden, aber Fechner würde Hilfe brauchen, wenn es überhaupt noch Hilfe geben konnte für ihn. Doch dazu mußte Bärenbach hinabsteigen in ein unbekanntes Dorf.

Sicher hatte man im nächsten Dorf den Schuß gehört. Doch man hörte oft Schüsse aus den Bergen, in den Tälern war man sie gewohnt. Aber Bärenbach mußte weg aus der Nähe des unheimlichen Schützen. Er lud sich Fechner mühsam auf die Schultern und stapfte weiter in den Wald hinein, immer weiter. Erst als er am Ende seiner Kräfte war, legte er Fechner auf den Boden. Fechner lag ohne Bewußtsein zu seinen Füßen. Er zog ihn in dichtes Unterholz, tarnte ihn so, daß man ihn nur durch einen Zufall finden konnte.

Bärenbach entdeckte die Holzfällerhütte, als er schon beinahe mit dem Kopf gegen sie gestoßen wäre. Es war ein Blockhaus, in dem nur zwei Bänke standen und ein Tisch aus rohem Holz.

Er schleppte Fechner in die Hütte, legte ihn auf Tannenzweige, die er von den Bäumen schnitt.

Fechner stöhnte nun ununterbrochen. «Erschieß mich, bitte», stammelte er und hob die Augen flehend zu Bärenbach.

Bärenbach schwieg. Er biß sich auf die Lippen, bis er das Blut schmeckte. Er schnallte den Rucksack ab und stellte ihn unter den Tisch.

«Ich hole Hilfe», sagte er. «Finde ich einen Arzt, kannst du es schaffen.»

Fechner lag mit geschlossenen Augen. «Erschieß mich», bat er erneut.

Bärenbach strich ihm mit der Hand über das verschwitzte Haar. «Warte», sagte er leise.

Vor der Hütte verwischte er mit Tannenreisig seine Spuren, dann stieg er zum Dorf hinab.

Es war ein kleines Dorf, mit wenigen blockhüttenartigen Häusern und einer Holzkirche. Das Tal wurde an manchen

Stellen so schmal, daß man es mit einigen Dutzend Schritten durchqueren konnte.

Obwohl es schon zu dämmern begann, sah Bärenbach kein Licht. Aber er entdeckte gefrorene Tücher an Fenstersimsen – das Zeichen für Partisanen. Das Dorf würde helfen. Er schritt am Waldrand entlang, um so in den Schutz der Bäume tauchen zu können, wenn er SS-Männer sah oder Hlinkagardisten. Die Häuser lagen vor ihm. Aber er erblickte keinen Menschen. Dann sah er die Toten. Sie hingen nebeneinander an einem langen Balken. Bärenbach zählte sechzehn Männer. Ein paar weitere Tote lagen im Schnee.

Bärenbach trat hinter eine Tanne. Er wartete...

Der Wind, der von den Bergen kam, schaukelte die Toten, so daß sie gegeneinanderstießen. Bärenbach fröstelte es. Er hatte schon viel gesehen in diesem Krieg, aber immer war das Grauen anders. Er hörte einen Schrei, sehr fern, aber es schien ihm, als ob es Fechner gewesen war. Er lief bergauf, so schnell er konnte.

Unendlich vorsichtig näherte er sich der Hütte, und doch hätte er ihn beinahe übersehen, den SS-Mann in seinem Schneehemd, der hinter einer Tanne stand, unbeweglich, das Sturmgewehr im Arm. Bärenbach sah nur sein Profil. Er würde ihn lautlos töten müssen, diesen Mann, so wie er es an der Puppe im Ausbildungslager gelernt hatte, immer wieder: den Arm um den Hals legen und mit der rechten Hand zustoßen. Das Messer mußte über dem Koppel in den Leib fahren, ein wenig mit der Spitze nach unten, so daß es die Niere zerriß. Mehr als ein erstickter Laut des Getroffenen durfte nicht zu hören sein, wenn man es richtig tat...

Er blickte auf den Toten herab, als er die eine Handgranate aus dessen Tasche nahm. Er konnte Fechner stammeln hören und die Fragen des Verhörenden. Fechner widerstand dem Schmerz nicht mehr, er stammelte wirre Worte, schrie schrill auf, winselte, stöhnte, sprach dann von den Bunkern in den Bergen, von der Abteilung, vom

Ausbildungslager, vom Wasserschloß. Als er leiser wurde, beinahe flüsterte, verstand Bärenbach ihn nicht mehr. Aber er sprach vom Hauptstab der Partisanen, von Asmolow, dem Oberst, diesem russischen Bären im Tal Lomnistá dolina.

Alle kann ich sie nicht erwischen, dachte Bärenbach, wenn sie heraustreten aus der Hütte. Es sind zu viele. Entkommt auch nur einer, ist sein Wissen für uns Partisanen eine Gefahr. Aber Fechner... Fechner ist in der Hütte... Doch Fechner kann nicht überleben. Ehe der Arzt kommt, ist es zu spät für ihn. Und Fechner hat gesprochen... Er legte das Ohr an das Holz der Hütte. Die Handgranate glüht in meiner Hand, dachte er dabei.

Fechner begann erneut zu stammeln.

«Mehr kommt nicht», hörte Bärenbach eine Stimme, «ehe wir unten sind, ist er hinüber.»

Den Worten folgte ein einzelner Schuß, dann ein zweiter.

Bärenbach stieß die Tür mit dem Fuß auf, warf die Handgranate in den Raum, und noch ehe sie detonierte, sprang er zurück.

Vorsichtig blickte er in die Hütte, aber nicht wachsam genug, denn er fühlte an seiner linken Schulter einen glühenden Schlag.

Der Knall des Schusses kam im selben Augenblick, Bärenbachs Schulter wurde zurückgestoßen, der Schmerz sprang augenblicklich von der Schulter hinab zu den Fingerspitzen. Bärenbach nahm die zweite Handgranate aus der Manteltasche, wobei er sie so in die Hütte warf, daß der Schütze von drinnen nicht seine Wurfhand sehen konnte.

In seiner Schulter bohrte ein dumpfer Schmerz, als er von der brennenden Hütte weglief und dann immer weiter in den Wald hinein. Aber nun fehlte ihm sein Rucksack mit der Karte.

Er tastete mit den Fingern die Schulter ab, spürte die Feuchtigkeit und den zerrissenen Stoff. Er zog den Mantel aus, den Pullover, stand endlich mit freiem Oberkörper und blickte auf die Wunde. Die Kugel hatte die Schulter nur gestreift, der Knochen war unverletzt. Nur verlor er viel Blut. Er preßte einen Lappen auf die Wunde, der mit unglaublicher Schnelligkeit das Blut aufzufangen schien.

Er hatte Angst vor der Schwäche, die kommen mußte, wenn er weiter Blut verlor. Es war nur eine einfache Verwundung, ein leichter Streifschuß, aber das ausströmende Blut machte sie zu einer Gefahr. Aus seinem Unterhemd schnitt er sich mit seinem Messer einen Notverband zurecht.

4

Die Wipfel der Tannen starrten schwarz in den sterngesprenkelten Himmel.

Eine Eule flog zwischen den Stämmen umher, lautlos, ohne sie mit den Flügeln zu streifen, obwohl sie ihnen sehr nahe kam.

Bärenbach spürte, wie ihn die Kräfte verließen. Wenn ihn die Schwäche hier packte, mitten im Schnee, im Frost, das wußte er genau, würde es keine Rettung geben. Hinter seiner Stirn brannte ein Feuer, das bald seinen ganzen Körper erfüllte und in seinen Adern weiterströmte.

Er sah in das nächste Tal hinab. Er kannte es nicht, und er fluchte, weil er keine Karte mehr besaß. Aber es mußte dem Gebiet sehr nahe sein, das er erreichen wollte.

Tief unten sah er sehr deutlich im Mondlicht das Dorf. Die Häuser standen nahe am Waldrand, in großen Abständen beiderseits der schmalen Straße und zwischen kleinen Baumgruppen verborgen.

Bis zum Waldrand mochten es nur zehn Meter sein. Es waren wohl vierzig Häuser oder fünfzig.

Die Rauchfahnen stiegen kerzengerade in die Luft. In der Mitte des Dorfes stand eine Kirche mit blechgedecktem, weißgetünchtem Turm. Während Bärenbach hinabkletterte, wurde das Schwächegefühl wieder stärker. Er taumelte, Kälteschauer durchrieselten ihn, obwohl seine Stirn immer stärker zu glühen schien. Und seine Glieder schmerzten stark, es war ein Schmerz, der den ganzen Körper packte. Die Malaria, dachte er mit Entsetzen, diese verfluchte Malaria! Ihr Fieber wird mich in Traum und Nebel versinken lassen!

Diese eine Nacht mußte er versuchen in einem Stall zu schlafen. Der Schlaf würde ihm wieder die Kräfte geben, die er benötigte, um weiterzugelangen.

Er fiel auf sein Gesicht, erhob sich nur mühsam, stieß mit dem Kopf gegen einen Stamm. Seine Zähne schlugen aufeinander, und der Schmerz legte sich wie ein glühendes Stahlband um seinen Kopf.

Einmal glaubte er sich nicht mehr erheben zu können.

Dann sah er den Hof. Er war nicht sehr groß und hatte einen an das Haus gebauten länglichen Stall. Bärenbach war froh, daß kein Hund anschlug, so konnte er um das Haus herumschleichen und durch das erleuchtete Fenster blicken, vor dem eine hölzerne Madonna im Schnee stand. Er sah eine Küche, aber er bemerkte keinen Menschen, nur einen Tisch aus rohem Holz, einen weißen Schrank, dessen Elfenbeinlack rissig war. Über dem Herd hingen ein paar metallene Küchengeräte, auf einem Wandbrett standen buntbemalte Tassen, Teller und anderes Geschirr.

Eine Frau trat in die Küche, eine Frau mit glänzendem schwarzem, in der Mitte gescheiteltem Haar. Sie hatte ein schönes Gesicht. Ihre braunen, ungewöhnlich großen Augen blickten in der Küche umher. Ihre Bewegungen wirkten ruhig, als sie am Herd stand und Eier briet.

Bärenbach durchrann eine heiße Welle, der eine Schwäche folgte, die ihm den Boden wegzuziehen schien unter den Füßen. Er klammerte sich am Fensterbrett fest, schlug mit den Knien im Schneeboden auf, wobei er die Stirn an das Holz des Hauses preßte.

Ich muß in den Stall, dachte er, ich muß mich hineinwühlen in das Heu, muß wieder Kräfte sammeln durch den Schlaf.

Er spürte, daß er sich nicht mehr lange auf den Beinen halten konnte, und tastete sich an der Wand des Hauses entlang, bis er das Tor des Stalles spürte, das er leise aufstieß und ebenso leise hinter sich schloß.

Als sich seine Augen an das Dunkel gewöhnt hatten, wobei ihm das Mondlicht half, erblickte er eine Kuh, ein Pferd und Schafe, viele Schafe, die sich furchtsam zusammendrängten, zwei Ziegen und zwei Schweine.

Er lehnte sich an einen Balken, minutenlang.

Dann taumelte er durch den Stall. An seinem Ende lag das Heu, ein riesiger Berg, der beinahe von der einen Seite bis zur anderen reichte, und es lag auch noch auf einem Zwischenboden, zu dem er auf einer Stiege hinaufkletterte.

Bärenbach wühlte sich hinter das Heu, das ihn wie ein Wall umgab, wobei er darauf achtete, daß kein Halm nach unten fiel auf den Boden des Stalles.

Er spürte das Holz der Stallwand im Rücken. Der Geruch der Tiere und des Heus und die Wärme des Stalles erfüllten ihn mit einer Ruhe, die seine Glieder schwer machte.

Aber der Schlaf wollte nicht kommen.

Er legte die Walther neben seinen Kopf und lehnte die Maschinenpistole an die Wand. In seiner Nähe drang das Mondlicht durch ein kleines Fenster, das ausreichen würde, um hinauszugelangen und bei Gefahr in den Wald zu entkommen.

Seine Zähne schlugen stärker aufeinander. Mit ganzer Kraft preßte er sie zusammen, doch es gelang ihm nicht, denn die Schwäche, die er schon lange fürchtete, überkam ihn plötzlich.

Die Frau, dachte er, die Frau – lebt sie allein? Es gab viele Frauen, die allein lebten, wenn die Männer in den Bergen kämpften oder gefallen waren. Durfte er sie gefährden, diese Frau? Aber er besaß keine Kraft mehr, um sich zu erheben und zu gehen.

Mit einem Mal spürte er keinen Schmerz, hatte gar kein Körpergefühl mehr und glitt hinein in eine unendliche Mattigkeit, die ihn willenlos machte.

An wen erinnerte ihn die Frau? Aber hatte er es nicht sofort gewußt…

Rosel ähnelte sie so stark, daß man sie für ihre Schwester halten konnte. Sie besaß sogar Rosels ernsten, immer ein wenig traurigen Blick.

Schüttelfrost ließ seinen Körper erbeben. Lebte Rosel, war sie tot?

Er lauschte in das Dunkel. Das schwache Blöken der Schafe drang zu ihm herauf. Das Fieber würde seine Lippen lösen, er ahnte es. Er lag zusammengekrümmt, und seine Finger umspannten den Kolben der Pistole.

Warum kamen die Erinnerungen jetzt? Er wollte sie ordnen, diese Träume, aber es gelang ihm nicht, sie verschmolzen ineinander, es waren Alpträume und Erinnerungen. Er lief durch ein Tal, dessen steile Hänge bis in den Himmel wuchsen und die plötzlich zueinander rückten, als wollten sie ihn zerquetschen. Er schrie auf...

Wieder lag er wach, und er wußte nicht, wie lange er geschlafen hatte. War das überhaupt Schlaf? Aber er mußte geschlafen haben. Ihn schwindelte, und er spürte ein Drehen im Kopf, als wäre die Erinnerung ein Roulett, man sah in sie hinein, doch nur einen Bruchteil lang. Er schlief, erwachte, schlief erneut ein ...

Waren es Stunden? Tage? Einmal beugte sich jemand über ihn, und es war seine Frau, sie war es wirklich, und er drückte sie an sich, ganz stark, um sie nicht zu verlieren. Sie war es! Wie kam sie hierher?

Er preßte sein Gesicht zwischen ihre Brüste. Sie drückte ihn sanft zurück in das Heu. Er spürte ihre Hände auf seinem Haar...

Sie wusch seine Wunde aus, legte den Verband an mit geübten Händen. Weil sie es tat, empfand er keinen Schmerz...

Er erwachte, schreckte hoch, tastete nach der Pistole, bis sie fest in seiner Hand lag. Er atmete schwer. Die Wunde pochte schmerzhaft, jeder Schlag des Herzens brannte in der Schulter wie ein Stromstoß.

Er fiel zurück in den Traum.

Er trank etwas Wasser, das wohltuend hinabfloß in seinen Magen. Rosel war da, und eine unendliche Ruhe erfüllte ihn, eine wohlige Zufriedenheit.

Da war sie noch einmal, die letzte Nacht mit seiner Frau...

Er saß auf dem Rand des Bettes, sah sie die Bluse über den Kopf streifen, sah ihren Rock hinabgleiten, sah sie nackt. Rosel war schön, schöner als die anderen Frauen, die er gekannt oder von denen er geträumt hatte. Ihre Augen schienen die Schwärze ihres Haares zu haben, das sie in der Mitte gescheitelt trug. Eine Welle aus Zärtlichkeit durchflutete ihn.

Dann lag er mit den Lippen an ihrem Ohr. «Ich komme zurück», flüsterte er.

Sie streichelte ihn. «Gewiß», sagte sie, aber seine Lippen entdeckten die Tränen auf ihrem Gesicht. Dann küßte er ihre Hände, bis sie sie ihm entzog.

Der Mond war voll, er tauchte das Zimmer in ein mattes Licht.

Bärenbachs Kehle war trocken, er wartete ab, was Rosel sagen würde.

«Das Glück», hörte er, «kann ein Augenblick sein. Wenn man ihn übersieht, wird man kraftlos, lebt ohne Mut.»

Sie sah ihn nicht an, und sie hielt ihre Augen geschlossen. Sie schwieg lange.

«Das Leben mit dir», sagte sie, «war so ein Augenblick, ein Augenblick des Glückes.»

«Ich liebe dich», sagte Bärenbach. Und er hätte die Zeit anhalten, alles hergeben mögen für diese Frau, auch das Leben.

Sie wehrte ihn nicht ab, aber sie lag seltsam reglos unter ihm.

Sie ist stärker als ich, dachte Bärenbach, als sie Schulter an Schulter lagen. Dann schlief sie, und er spürte ihren Atem an seinem Arm. Er wollte nicht einschlafen, die Frau nur fühlen in dieser letzten Nacht, aber dann schlief er doch tief und fest.

Er erwachte erneut. Tage darauf habe ich die sowjetische Grenze überschritten, dachte er, und ehe ich noch einmal zurück konnte, begann der große Krieg. Sein Herz schlug stark, aber seine Wunde spürte er nun nicht mehr...

War seine Frau tot? Hatte man die Kinder in faschistische Heime verschleppt, damit sie einmal ihren Vater hassen lernten? Waren sie alle gestorben in einem KZ?

Schon einmal war diese Todesahnung gekommen. Rosel war seine Frau und der Preis auf seinen Kopf hoch. Er konnte einen Menschen reich machen, der ihn verriet.

Wie lange habe ich gelegen, fragte er sich erneut. Einen Tag lang und noch eine Nacht? Wie kam es, daß der Feind uns überrumpeln konnte?

Das Gewicht seines Körpers schien ihn in das Heu und an das Holz unter ihm zu pressen. Und mit einem Mal sah er alles seltsam klar. In einem einzigen Augenblick, so hatte er einmal gelesen, konnte man sein Leben noch einmal leben, im Augenblick, der vor dem Tode lag. Aber die Erinnerung setzte erst im Flugzeug ein…

ZWEITER TEIL

DIE BERGE

1

Das Flugzeug rüttelt die Männer durch, hebt sich ab vom Boden, steigt, steigt. Die Motoren dröhnen gleichförmig, als die Maschine hoch über den Wolken fliegt.

Bärenbach blickt kurz zu Fechner, einem der wenigen, die er kennt. Die Männer sitzen sich gegenüber in einem matten rötlichen Licht, ein wenig vorgebeugt, übernächtig, müde durch den immer aufs neue verschobenen Start – Slowaken, Tschechen, Ungarn, Ukrainer, Russen, Polen – in sowjetischen Uniformen, in slowakischen, auf dem Rükken den Hauptschirm, vorn den Reserveschirm, die Schpagin mit dem Trommelmagazin, einen Rucksack und vierhundert Patronen, die Tokarew, acht Handgranaten, das Kappmesser im Stiefel, Schokoladenriegel, ein Brot, Verbandpäckchen, ein Pfund Machorka und zwei Zeitungen zum Drehen der Zigaretten, die Einsatzkarte mit den Bergen und Tälern der Slowakei.

Die Identität ist gelöscht. Nur den Decknamen wird jeder wissen vom anderen.

«Eure Bewaffnung», sagte Soljuschin, «ist eure Identität.»

Das alte Leben liegt hinter Bärenbach, bleibt zurück, es zählt nur die Zukunft.

Das letzte im alten Leben war die Ausbildung für diesen Einsatz – in der «Wasserburg», wie sie den ehemaligen Gutshof an der Grenze zwischen Sibirien und Europa nannten, dort, wo sich der Strom teilte. Trat er über die Ufer, lebten sie wie auf einer Insel.

Bärenbach kennt jede Handfeuerwaffe seit dieser Zeit,

beherrscht das Töten ohne Laut, kennt das Funken, die Orientierung nach der Karte, den Sprung aus dem Flugzeug.

Der Sprung...

Ins Unbekannte ist er oft gesprungen während der Ausbildung, bei Tag, bei Nacht, über den Bergen des Ural und anderswo, aber kein Übungssprung gleicht dem Ernstfall, kein Flugzeug fliegt dabei in detonierende Flakgranaten.

Angst?

Aber Furcht hat er nie gehabt, vor keinem Sprung, er hat nie diese Wand gespürt, die Wand aus Furcht, aus Motorengetöse und Wind, die Furcht, die keiner zeigt im Flugzeug.

Sie fliegen in den Kampf.

Und viele in diesem Flugzeug werden fallen. Die Männer wissen es.

Aber der Sprung in die Nacht ist nicht die einzige unbekannte Gefahr. Was wird sie erwarten nach dem Absprung? Einiges hatten sie gehört vom Aufstand in der Slowakei. Offizielles und Inoffizielles. Und sicher war es gut, daß sie nicht alles wußten. Denn schon in den ersten Tagen waren die Westslowakei, das ganze Váh-Tal und auch die Ostslowakei verlorengegangen. Und gerade dort befand sich der größte Teil der bewaffneten Kräfte und der militärischen Ausrüstung. Aber die Armeeführung unter Golian und Ingr schien dem Aufstand nicht gewachsen zu sein. Einzig die Kommunistische Partei der Slowakei hatte sich von Banská Bystrica aus am zweiten September mit einem Aufruf an das Volk gewandt und es aufgerufen zum gesamtnationalen bewaffneten Widerstand. Die deutsche Übermacht war zu groß. Die Garnisonen in Trenčin, Nové Mesto und Sered mußten aufgegeben werden. Ungefähr die Hälfte der Armee, Soldaten und Offiziere, geriet in deutsche Gefangenschaft! Unvorstellbares war geschehen! Und die ostslowakischen Divisionen waren die bestausgerüsteten gewesen, die Elite der Armee! Endlich, am Morgen des achten September, hatte die Operation Dukla begonnen, die Offensive der 38. sowjetischen Armee. Auch das 1. Tschechoslowakische Armeekorps kämpfte mit. Schwerste Kämpfe tobten. Und die ostslowakischen Divisionen, die der Roten Armee die Front öffnen sollten, hatten sich den Deutschen ergeben! Bereits am fünften Tag der Offensive hätte die Rote Armee mit ihrer Hilfe in Prešov sein sollen. Aber um jeden Stein, um jeden Hügel, um jeden Baum mußte erbittert gekämpft werden. Und enger, immer enger zog sich inzwischen der Ring der deutschen Elitedivisionen zusammen um das Zentrum des Aufstandes, um Banská Bystrica. Und mitten hinein in diesen brodelnden Kessel sprangen die Männer im Flugzeug.

«Die Karpaten», ruft der Kommandeur.

Grelle Blitze zucken vor den runden Bordfenstern, Splitter sausen vorbei.

Das Flugzeug, eine Li-2, schaukelt, steigt, schießt nach unten, schaukelt. Die Männer auf den Bänken hakeln sich ein, so fest es geht, damit sie sich halten können auf den Sitzen.

Die Maschine fliegt im pfeifenden Bersten der Geschosse, weiter und weiter.

Die Männer sitzen im blendenden Licht. Der eigene Herzschlag – dröhnt er lauter als die Motoren? Die Lippen werden schmal. In der Magengrube bohrt ein leichter Schmerz.

Aber der Pilot fliegt jede Nacht, fliegt bei jedem Wetter, hat fünfhundert Einsätze im Bordbuch, ist ein Akrobat. Dann steht wieder die Schwärze der Nacht vor den Bordfenstern, das Funkeln der Sterne.

«Geschafft», sagt Fechner, «geschafft.»

Die Maschine sinkt. In tausend Meter Höhe fliegen sie über den Boden.

Der Kommandeur steht an der Luke, prüft die Stärke und Richtung des Windes, blickt hinab zu den Signalfeuern, dirigiert den Piloten ein Stück weiter, nickt Bohuš zu.

Bohuš erhebt sich, Bohuš, der Slowake.

Ein fauchender Wind fegt über die Schwelle, als wolle er die Männer schrecken.

Fern, tief unten, liegt Banská Bystrica, das Zentrum des

Aufstandes, liegt im Dunkel der Nacht. Einer springt nach dem anderen.

Bärenbach erhebt sich. Fechner ist als vorletzter gesprungen, stürzt in die Tiefe.

Bärenbachs Hände greifen nach außen, an die Kanten der Türöffnung, klammern sich fest, den Kopf beugt er nach vorn. Seine Füße stehen versetzt, und mit federnden Knien gleicht er das Schaukeln der Maschine aus... Der Rausch vor dem Sprung, der Rausch, der die Angst nimmt.

Der Rausch...

Da ist der Schlag auf die Schulter, Bärenbach drückt sich kurz ab, er spannt die Muskeln noch einmal, den ganzen Körper – hält den Atem an und stößt sich ab, schwimmt im Luftstrom, hockt dann die Beine an, verschränkt die Arme vor der Brust, die rechte Hand am Ring des Reserveschirms.

Der Rausch...

Der Wind...

Die Tiefe...

Der eiskalte Atem der Nacht...

Ein Ruck, und Bärenbach hängt in den Gurten, der Rausch verfliegt. Er sinkt, sinkt, sinkt, baumelt an der Seidenglocke des Schirmes. Er atmet tief durch, und er sinkt weiter. Mit den Händen, über Kreuz vor der Brust, hält er die Gurte des Schirmes.

Wo sind die Signalfeuer? Wo?

Er fliegt in die Schwärze hinein. Er denkt an Karotkin, den Hauptmann, den Mann mit den tausend Sprüngen, mit der ewigen Papirossy zwischen den Lippen, der sie das Springen lehrte. Das Gelernte schießt durch seinen Kopf: An keinem Baum hängenbleiben, möglichst aufkommen auf einer Wiese, nie aufschlagen auf Steinen, nur im Notfall, bei Waldlichtungen gerade herunterkommen, nicht die Wipfel von Bäumen streifen; beim Aufschlag im Wasser den Schirm kappen und so fort.

Er hört die Worte Karotkins, des bärtigen Sibiriers: Laßt die Luft nie von vorn kommen, dreht den Fallschirm so, daß ihr den Wind im Rücken habt. Toma, der Bulgare, hatte es einmal nicht getan und sich beim Aufschlag schwer verletzt.

Fechner wird schon unten sein, Bärenbach kann ihn nicht sehen, weil der Mond hinter den Wolken steht. Aber wenn er zu spät gesprungen ist? Wo keine Signalfeuer sind, kann schon der Feind warten. Den letzten beißen die Hunde...

Ein Wald liegt unter mir, denkt Bärenbach, ein Wald. Er stürzt der Erde entgegen, lautlos.

Ein Feld, ein Acker, weicher Boden...

Alles geschieht wie bei jedem Sprung, er rollt ab, steht, hinter sich die Schirmglocke, die zusammensinkt. Er steht lauschend, ehe er die Schnallen öffnet und sich vom Gurtzeug befreit.

2

Seine Augen gewöhnen sich an das Dunkel, sein Atem geht ruhig. Vor ihm liegt ein Wald, schwarz, drohend, aber immer auch Schutz.

Immer entfernter hört er das Brummen der Maschine. Sie fliegt ab – also sind alle Kampfgefährten am Boden. Er rafft die leichte, weiche Seide des Schirmes zusammen, wikkelt sie in die Leinen, wirft sie zu Boden.

Bärenbach lauscht weiter in die Nacht.

Von nun an wird er nur russisch sprechen, denn Deutsche tränken diese Erde mit Blut, werden gehaßt bis zum Tod von diesem Volk. Wer deutsch spricht, lernt den Haß kennen.

Wenn sich der Kommandeur geirrt hat?

Wenn der Feind schon im Dunkel lauert...

Bärenbach hält die Maschinenpistole schußbereit. Vor ihm, drohend und schwarz, steht der Wald. Bärenbach tritt lautlos auf.

In diesem Augenblick gleitet der Mond durch die Wolken, taucht die Landschaft vor Bärenbach in ein mattes, doch verräterisches Licht.

Bärenbach wirft sich zu Boden. Nicht weit vor ihm schlägt ein Hund an. Wie Spuk erlischt das Gebell. Eine totale Stille folgt dem Geräusch.

«Wer dort?» fragt es plötzlich auf russisch aus dem Wald.

Bärenbach antwortet nicht, er wartet ab. In diesem Krieg, das weiß er, ist alles möglich. SS-Männer sind auch in Jugoslawien abgesprungen, in Uniformen der Roten Armee. Sie sind abgesprungen und haben hineingeschossen in die geöffneten Arme.

Zwei Gestalten treten aus dem Wald, eine kleine, eine große, ein humpelnder Mann und ein Junge.

«He, Partisan», flüstert eine Stimme und wieder auf russisch.

Bärenbach erhebt sich, vorsichtig und noch immer nach dem Wald spähend, geht er auf die beiden zu.

Er sieht einen großen, breiten Mann, ein Holzfäller sicher. Neben ihm steht der Junge, elf oder zwölf Jahre alt.

«Wir haben gewartet», sagt der Mann in gebrochenem Russisch, und er umarmt Bärenbach. Es ist eine herzliche Umarmung, Bärenbach spürt es – der Mann ist sein Freund.

«Towarisch», sagt der Mann.

«Dobry.» Bärenbach spricht ein paar Worte in der Sprache dieses Landes.

«Sie sprechen unsere Sprache?» fragt der Mann.

«Ja», sagt Bärenbach.

«Das ist gut», antwortet der Mann. «Ich kann nur ein wenig Russisch, nur das Nötigste, gerade für den Empfang. Es hieß nur, ihr würdet weiter nördlich landen. Aber wir haben doch gewartet – das ganze Dorf.»

Bärenbach folgt dem Mann, der das rechte Bein nachzieht, und er geht neben dem Jungen, den Rucksack auf dem Rücken, die Maschinenpistole vor der Brust.

Sie gehen einen schmalen Weg, und ihre Tritte sind die einzigen Geräusche in diesem Wald. Mal gerade, mal gewunden führt der Weg.

Als sie den Wald verlassen, liegt vor ihnen ein Tal, das

sich im Dunkel verliert. Geduckt an flachen Hängen, stehen Häuser, Blockhütten ähnlich – ein Holzfällerdorf.

Kienspäne leuchten auf. Männer halten sie in den Händen, Frauen, ein paar Kinder. Im Licht der Kienspäne flakkern ihm die Gesichter entgegen. Die Frauen tragen schwarze Röcke, schwarze, bis zum Kinn zugeknöpfte Wolljacken und dunkle Kopftücher. Das ganze Dorf, denkt Bärenbach, hat gewartet, das ganze Dorf.

Er tritt hinein in das Spalier, sieht die Menschen lächeln, sieht einen Greis, eine junge Frau, ein Mädchen – da schüttelt er eine Hand, eine zweite, alte Hände, junge Hände, alle Hände.

Ein Mädchen umarmt ihn, ein Greis klopft ihm auf die Schulter. Es geschieht alles nicht laut, nur gedämpft.

Die Wolken verdecken den Mond.

«Er wird Ruhe brauchen», sagt der Mann, der ihn erwartet hat, und führt ihn zu einem Haus, vor dem ein Tisch und ein paar Stühle aus schwarzem Holz stehen.

«Eine Stärkung?» fragt der Mann.

Bärenbach streift den Rucksack ab und lehnt die Waffe an ihn. Dann ißt er ein Stück Speck, ein Stück Brot, obwohl er keinen Hunger spürt, aber er ist Gast. Die Menschen sehen ihm zu.

«Choroscho?» fragt der Mann.

Bärenbach nickt kauend.

Als er sich zurücklehnt, reichen sie ihm ein Glas. Bärenbach leert es mit einem Zug. Selbstgebrannter, denkt er, ein verteufelt gutes Wasser.

«Mein Haus», sagt der Mann.

Bärenbach nickt.

«Unser Dorf», fügt der Mann hinzu, «ist noch sicher. Doch bis Banská Bystrica ist es noch ein Stück.»

Bärenbach liegt im Haus im Ehebett, nachdem er das Talglicht gelöscht hat. Es ist ihm nicht recht, denn der Mann und die Frau schlafen auf dem Heuboden über dem Stall.

Fern dröhnt der Donner der Front.

Bärenbach hört ein Flugzeug, hört ein zweites, ein drittes, Transportmaschinen. Es sind die Unseren, denkt er, als er einschläft, sie fliegen pausenlos, sie bringen Kämpfer und Waffen.

3

«Ich heiße Imrich», sagt der Mann.

«Ich heiße Boris», antwortet Bärenbach nach einer Weile. Sie sitzen an einem groben Holztisch, über dem eine gestrickte Decke liegt, der Mann, der Imrich heißt, seine Frau und der Junge.

Erst jetzt, im Licht des Morgens, sieht Bärenbach, wie sehr der Junge seinem Vater ähnelt. Es ist eine frappierende Ähnlichkeit. Man weiß, wie der Mann aussah, als er zehn Jahre alt war.

Auf dem Tisch stehen eine braune Schale mit Butter, zwei Teller, auf denen Ziegenkäse liegt, und ein Teller mit

Speck. Die Frau bringt einen Laib Brot und schneidet Scheiben ab, die sie auf einen Holzteller legt. Dann gießt sie aus einer dampfenden Kanne Tee in die Becher.

Kräutertee, denkt Bärenbach, ausgerechnet Kräutertee. Aber die Gastfreundschaft ist so herzlich, daß sie den Geschmack des Tees zum Guten hin zu verändern scheint.

«Lang zu, Boris», sagt der Mann.

«Ein Unfall?» fragt Bärenbach und zeigt auf das Bein des Mannes.

Der Mann nickt. «Beim Holzfällen», sagt er.

«Ich habe noch nie einen Russen gesehen», sagt der Junge, und seine Augen starren Bärenbach unverwandt an. «Und gleich einen Fallschirmspringer», fügt er hinzu.

Bärenbach verschluckt sich. Der heiße Tee ist ihm in die Luftröhre gedrungen, so daß er zu husten beginnt. Der Mann klopft ihm auf den Rücken, bis Bärenbach wieder atmen kann.

«Zu heiß, Frau», sagt der Mann, der Imrich heißt.

«Deutsche Soldaten habe ich schon gesehen», erzählt der Junge. «Unten im Dorf haben sie eine Razzia gemacht und den Bäcker Synek mitgenommen und Ursiny und Plachta und den Korvaš.»

«Iß», sagt der Mann, «und stör nicht den Gast.»

«Er stört nicht», entgegnet Bärenbach, und er ißt eine Scheibe Brot mit Butter und Ziegenkäse.

«Jeden Deutschen», knurrt der Mann, «sollte man erschlagen. Jeden. Ohne Ausnahme! Mit einem Beil, mit allem, was einem in die Finger kommt, wenn man auf ihn trifft.»

Bärenbach schweigt.

Verwundert blickt ihn der Mann an. «Wenn einer hier hereinträte in mein Haus – ich würde ihn erwürgen, mit diesen Händen. Und der Junge dürfte zusehen, damit er begreift, was man mit Wölfen tut.» Er ißt nicht weiter, ist noch erregter, als er weiterspricht. «Sie verbrennen unsere Dörfer, töten, töten, töten. Es sind Wölfe! Alle!»

«Ein deutscher Soldat», sagt Bärenbach leise, «den man in einen Wehrmachtrock preßt, kann ein Kommunist sein.»

«Dann soll er überlaufen.»

«Das wird nicht immer gehen», antwortet Bärenbach. «Und oft geht es gar nicht. Und zu Hause sind die Familien. Da hat einer vielleicht fünf Kinder. Das muß er bedenken. Da gibt es die Sippenhaft in Deutschland. Da gibt es die Konzentrationslager, da...»

Der Mann schiebt ein Stück Speck in seinen Mund und ein Stück Brot, schneidet noch ein Stück Speck ab mit einem Messer, auf dessen lange breite Klinge die Sonne fällt.

«Und doch», sagt er plötzlich sehr laut und stößt die Klinge durch die Tischdecke in die schwere Holzplatte. Die Frau preßt die Hand vor den Mund, der Junge läßt eine Scheibe Brot fallen.

Bärenbach blickt auf das zitternde Messer und in das Gesicht des kauenden Mannes.

Im Gesicht des Mannes steht die Wut. «Die Menschen zweier Dörfer», stößt er gepreßt hervor, «nicht sehr weit von uns, haben sie umgebracht. Nur Zivilisten! Sie haben nicht die Kinder verschont und nicht die Frauen. Wer nicht tot war, den haben sie lebendig verbrannt.»

Er zieht das Messer wieder aus der Tischplatte. «Deutsche!» sagt er leise, aber noch schwer atmend. «Auch mein Bruder war unter den Toten. Und er war kein Kommunist, kein Soldat, er war nur ein Bauer! Ein Bauer mit drei Kindern und einer Frau, zwei Kühen und ein paar Schafen.» Er blickt vor sich auf die Platte des Tisches.

«Deutsche sind keine Menschen», sagt er. «Es sind Wölfe. Erschlagen müssen wir sie, alle. Jeden, der deutsch spricht. Wolf für Wolf.»

Bärenbachs Gesicht bleibt starr. Es gibt Deutsche und Deutsche, denkt er. Der Haß macht dich blind, Imrich. Es gibt Faschisten, viele sogar, aber es gibt auch Männer wie mich, Kommunisten, die auch für dich kämpfen, deine Familie, dein Land. Dann aber gibt es noch die, die sich verführen lassen von den Faschisten und die, die den Faschisten folgen, weil ihr Terror so stark ist. Diese Männer müssen in Ländern kämpfen, deren Sprache sie nicht verstehen, deren Menschen sie hassen. Sie fürchten den Tod, wenn sie überlaufen, weil sie den Lügen der Faschisten Glauben schenken. Und wenn einer flieht, steht in seinem Rücken der Vorgesetzte mit der Pistole, ein überzeugter Nazi vielleicht. Und auf den Straßen lauern die Kettenhunde. Und wenn er gefaßt wird, erwartet ihn der Galgen, das Erschießungskommando. So kämpfen sie, kämpfen aus Furcht weiter. Diese Männer aber müssen wir aufklären, nicht töten.

Imrich kaut schweigend, seine Lippen fettet der Speck. «Ich bringe dich morgen zum Lastwagen nach Banská Bystrica», sagt er dann.

Und Bärenbach weiß, daß er dort, in der sowjetischen Militärmission, Fechner treffen wird und die anderen.

Bärenbach tritt vor das Haus. Das Dorf liegt vor ihm in der Sonne, zwei Dutzend Häuser mit schwarzbraunen Dächern. Vor ihm dehnt sich das Tal, von Hügeln begrenzt, von Bergen. Berge, so weit er sehen kann, dunkelblaugrün, hochwaldbestanden, endlos, ein dunkelblaugrünes Meer. Darüber ziehen die Wolken. Es ist ein Bild des Friedens. Einen Augenblick lang spürt er die aufsteigenden Tränen, und er reibt sich die Augen blank.

«Zeigst du mir deine Pistole?» fragt der Junge neben ihm.

Bärenbach nickt, und er setzt sich neben den Jungen in das Gras. Er nimmt das Magazin aus der Waffe und reicht sie dem Jungen. «Bitte.»

«Du kannst unsere Sprache», sagt der Junge, «wie einer von uns.»

«Das kann man lernen. Manche sprechen viele Sprachen.»

Der Junge betrachtet die Waffe, zielt dann nach einer Krähe, drückt ab, weil er weiß, daß das Magazin der Waffe fehlt. «Ein SS-Mann», ruft er dabei.

Die Krähe fliegt auf.

«Ich heiße Zatko», sagt der Junge.

«Ein schöner Name.» Bärenbach zeigt ihm, wie man das

Magazin aus der Waffe löst und wieder hineindrückt. «Ich bin der Boris.»

«Wie weit triffst du damit?» fragt der Junge.

«Das kommt darauf an», antwortet Bärenbach, «für weite Ziele ist die MPi besser.»

«Ich möchte auch kämpfen», sagt der Junge. «Vater will es auch – aber sein Bein. Er kann nicht schnell laufen.» Der Junge kaut auf einem Grashalm.

«Wann kommen deine Kameraden zu uns, Boris?»

Bärenbach versteht nicht recht. «Die sind überall verstreut gelandet», antwortet er dann.

«Nein», sagt der Junge, «ich meine eine ganze Armee. Wann ist sie hier? Vater meint, sie kämpft am Dukla-Paß.»

«Dukla ist noch weit», erwidert Bärenbach.

Ich weiche der Frage des Jungen aus, denkt er, aber was soll ich ihm antworten? Wer kennt die Antwort?

«Es kann noch dauern», sagt er. «Zwischen dem Paß und deinem Dorf steht die SS.»

Der Mann, der Imrich heißt, kommt mit einem Eimer aus dem Stall. Er lacht. «Er durchlöchert dich mit seinen Fragen wie eine Maschinenpistole, was?»

«Es ist ein wacher Bursche», entgegnet Bärenbach.

«Er ist mein einziger», sagt Imrich, «die zwei anderen haben mir Krankheiten genommen. Er ist der Jüngste.» Er streicht dem Jungen über das Haar. «Nun laß den Gast in Ruh!»

Er wendet sich zum Haus. «Frau», ruft er, «ist die Marschverpflegung fertig?»

«Dobry», knurrt er, als er ein ‹Ja› hört.

«Im Tal wartet ein Lastwagen», sagt er. «Die umliegenden Dörfer haben alle Fallschirmmänner aufgesammelt, die in unserer Gegend gelandet sind. In zehn Minuten brechen wir auf.» Vor dem Haus gegenüber schlägt eine Alte das Kreuz, als sie losgehen. «Gott befohlen, euch allen!»

4

Die Erinnerung setzte aus, und einen Augenblick lang lag Bärenbach wach, war bei vollem Bewußtsein. War das Fieber weg? Tief atmete er den Duft des Heus ein. Aber er hatte den Traum mit in das Erwachen genommen. Vielleicht lag er auch nicht wirklich wach. Er ballte die Fäuste und spürte den Schmerz in der Schulter. Wie hatte der Feind sie nur überraschen können? Und wenn..., er wagte den Gedanken nicht weiterzudenken. Verrat? Ein Verräter? Dem sie alle vertrauten? Alle? Und der sie vernichtet hatte? Und die entkommen waren, schleppten ihn vielleicht weiter mit, ohne es zu wissen? Dieser Gedanke schmerzte stärker als die Wunden. Ein Verräter, der dem Feind half? Aber das konnte nicht sein! Oder doch...

Er griff nach der Pistole, und ihre Anwesenheit beruhigte ihn. Der Feind war kampferfahren, ausgerüstet mit den besten Waffen und im Bund mit Verrätern. Mindestens acht Divisionen, das wußte Bärenbach nun, hatte der Feind zusammengezogen in aller Eile zur Zerschlagung des Aufstandes, dieser Feind, mit seiner SS-Division «Horst Wessel», mit seinen Einheiten der SS-Panzerdivision «Adolf Hitler», seiner SS-Brigade Dirlewanger und seinen Gebirgsjägern.

Am vierundzwanzigsten Oktober hatte er Brezno genommen, am sechsundzwanzigsten und siebenundzwanzigsten war er in Stredná Revúca eingedrungen und am sechsundzwanzigsten in Zvolen. Dann war Bystrica gefallen, das Herz des Aufstandes. Als letzter und einziger Ausweg für die Soldaten und Offiziere der slowakischen Armee blieb der Rückzug in die Berge, der fürchterliche und verlustreiche Weg durch Morast, Nebel und Schnee über die Gipfel der Niederen Tatra. Die Stunde der Partisanen war gekommen, dachte Bärenbach, unsere Stunde. Wieder glitt er in den Traum, der schon in den Bergen begann...

Sie liegen auf einem Kamm, der so dicht bewaldet ist, daß sie von deutschen Piloten nicht entdeckt werden können. Sie haben die Abteilung formiert, und Bärenbach führt die zweite Gruppe. Bärenbach hockt sich neben Hanuš ins Moos. «Wir ziehen nach Nordwesten, in Richtung Strážovska horatina, um den Váh zu überqueren.»

Hanuš blickt erstaunt.

«In Mähren», sagt Bärenbach, «soll eine breite Partisanentätigkeit beginnen.»

Bärenbach bemerkt, wie sich die Männer seiner Gruppe erheben, und er sieht Bretislav von Gruppe zu Gruppe gehen. Er führt die Einheit, ist ihr Kommandeur. Chef des Stabes ist Ondrej. Beide sind Slowaken, und Bretislav sprang aus demselben Flugzeug wie Bärenbach. Ihnen zur Seite stehen zwei erfahrene Berater, ausgebildete Partisanen mit reicher Erfahrung in der Partisanenbewegung in der Ukraine, der Leningrader Oberleutnant Maxim und Leutnant Andrej. Der Kommissar, der den Decknamen Václav trägt, ist ein bewährter Interbrigadist, erstürmte die Höhen mit vor Teruel, war beim Angriff dabei auf den Bahnhof in Valsequillo, an der Südfront nördlich Córdoba, kämpfte im legendären «Gottwald»-Zug. Auf abenteuerlichen Wegen ist er damals nach Spanien gelangt. Aber davon hört Bärenbach erst viel später einiges von Bretislav. Václav selbst schweigt darüber. Er und Bretislav sind die einzigen, die wissen, daß Bärenbach und Fechner Deutsche sind.

Der entflohene Kriegsgefangene Pavel aus dem Lager in Hlemýždi ist in der Abteilung und der abgeschossene Flieger Sergej, der erst kürzlich zu ihnen stieß.

Ein Tscheche fällt Bärenbach besonders auf. Einmal, beim Waschen an einem Gebirgsbach, sieht er seinen narbenbedeckten Körper. Auch seine Nase ist eingeschlagen, und das Lid des rechten Auges zuckt unentwegt.

Später, sehr viel später wird er die Geschichte dieses Mannes hören, der Julius heißt und Leiter einer tschechischen Widerstandsgruppe gewesen ist. Die Gestapo hatte ihn zu Beginn des Jahres vierundvierzig verhaftet. Er war von Ostrava nach Prag in das Petschek-Palais gekommen, den Sitz der Prager Gestapo. Tag und Nacht trug er die berüchtigte «Acht», die stählerne Handfessel. Seine Vernehmungen dauerten tage- und nächtelang. Er wurde dabei fast bis zur Unkenntlichkeit geschlagen, dem tagelanges Krummschließen an Hand- und Fußgelenken folgte und Aufhängen mit den auf dem Rücken zusammengeschlossenen Händen, bis zu achtzehn und vierundzwanzig Stunden lang. Aber Julius sprach nicht. Bei einer Verlegung konnte er befreit werden.

Und da sind die Männer Bärenbachs. Befreit wurde der Bäcker Zdeněk bei Ausbruch des Aufstandes aus dem Gefängnis des Bezirksgerichtes Ružomberok, der etwas später zu ihnen gestoßen ist und der wie die anderen über seine Vergangenheit schweigt. Er ist ein hagerer, mutiger Mann, der selten lacht, aber er ist ein Draufgänger, der sich um jeden Einsatz reißt. Da ist der zierliche Náco anders – seine Späße mögen alle. Aber tapfer ist er auch. Und zäh. Bärenbach mag ihn sehr.

Da sind die Soldaten der geschlagenen slowakischen Armee, da ist Hanuš, den Bärenbach besonders schätzt, da ist Karel, der Feldwebel, und da ist Janos aus Bratislava.

Da ist aber auch der russische Fallschirmjäger Wsewolod, den sie «Birke» nennen, weil er so gerne von seinen Birkenwäldern erzählt, die hinter den Feldern seines Kolchos beginnen.

Aber sonst weiß Bärenbach nichts von dem vergangenen Leben der anderen, kennt nur ihre Decknamen. Wer in die Hände der SS fällt, kann keinen verraten, und die barbarischste Marter bräche sein Schweigen nicht. Das Nichtwissen ist ein doppelter Schutz.

5

Sie überschreiten eine Höhe im Großen Fatra-Gebirge. Das Brummen kommt blitzschnell, dem Geräusch folgt das Hämmern der Bordwaffen. Die Flugzeuge kreisen über ihnen, zwei der gescheckten Maschinen stoßen herab.

Die Männer ducken sich hinter Bäume, in Bodensenken, in Felsspalten. Die Geschosse prasseln in die Bäume, an den Fels. Gestein, scharf wie Messer, fliegt durch die Luft.

«Die Piloten nehmen Maß», keucht Hanuš neben Bärenbach, und noch enger preßt er sich an den Fels, als die Maschinen erneut herabstoßen, ohne nun ihre Beute sehen zu können. Sie feuern wahllos auf die Höhe.

Die Männer liegen und warten, bis die Motoren der Flugzeuge am Horizont versummen. Sie liegen benommen, mit tauben Ohren.

Sie ziehen gegen das Turiec-Tal. Bärenbach geht hinter Fechner, und der folgt dem Rücken von Hanuš. Nach Hanuš kommt Karel.

Neben ihnen steigen die Hänge auf. Erst abends, das weiß Bärenbach, wird es eine Rast geben, erst dann.

Sie lagern aber doch kurz auf dem Gebirgskamm, der dem Tal folgt und der engen dunklen Schlucht. Nur Buzcik steht noch aufrecht, der Älteste unter ihnen, als ob er sich berauschen will an der Schönheit der Landschaft, am gewaltigen Meer aus Bergen, Kämmen und Tälern, das in die Unendlichkeit zu wogen scheint. Buzcik ist ein Stadtmensch, ein Oberlehrer. Weit, irgendwo hinter dem Horizont, wird er denken, liegt das Mährische Land.

Da schlägt der Feuerstoß eines MG in die liegenden Männer. Buzcik greift in die Luft, mit beiden Händen, dreht sich um seine eigene Achse, schlägt auf den harten Fels, seine Augen scheinen ungläubig erstarrt zu sein, als Bärenbach sich über ihn beugt, um ihn in den Schutz der Felsen zu ziehen.

Die Männer werfen sich in Deckung.

«Vorn, an der Felsennase, steht das MG!» schreit Karel.

Robbend und im Schutz der Felsen schwärmen sie aus.

Das MG verstummt so plötzlich, wie es begonnen hat. Sein Lauf ist noch warm, als sie es entdecken. Aber wo sind die Schützen?

Sie begraben Buzcik im Schutz der Stämme, aber sie haben nicht viel Zeit. Es ist ein Abschied ohne Salve, nur mit dem Gruß der Partisanen: Mor ho.

Aber wo sind die geheimnisvollen Schützen? Waren es die einzigen? Der Tod ist sehr nahe…

Die Einheit zieht sich auseinander, so daß der Abstand von Mann zu Mann zwanzig Meter beträgt und mehr. Sie werden erneut auf den Feind stoßen. Nur wo? Und wann? Auf jedem Waldpfad kann er lauern, in jedem Tal, hinter jeder Kuppe, die sie erreichen, um wieder hinabzusteigen. Hinter jedem Fels. Es wird ein schweigender Marsch. In einem Tal fliegt ein Krähenschwarm über sie hinweg.

Am Fuß eines Berges schlagen sie ihr Lager auf.

Sie ziehen durch das Rajčanka-Tal, und endlich erreichen sie das Tal des Váh, steigen hinab zum Fluß.

Sie stehen am reißenden Wasser, auf den Ufersteinen. Hochwasser hat den Fluß zu einem tödlichen Feind gemacht. Und alle Brücken sind bewacht und uneinnehmbar. Jeder Schuß würde sie verraten, wenn sie eine Brücke stürmen wollten. Sie rasten in der Nähe des Flusses.

Bretislav schickt zwei Spähtrupps aus, die das Gelände erkunden sollen. Hanuš besitzt noch eine Schachtel «Detva». Es sind seine letzten Zigaretten. Bärenbach raucht mit Genuß.

Da fallen Schüsse. Drei Männer kommen gerannt, Milo dabei, der Student aus Prag.

«Von Norden her», ruft er, ohne Atem zu holen, «eine Einheit der SS, von Süden zwei Patrouillen der Wehrmacht. Sie sind nicht mehr weit.»

Die Männer springen auf, hetzen weg vom Fluß und durch den Wald, um der Umklammerung zu entgehen. Maxim und Andrej decken den Rückzug, zusammen mit Wsewolod, Pavel, Julius, Náco und ein paar anderen.

Es ist Nacht.

Bärenbach liegt erschöpft im Moos, der Schweiß erkaltet langsam an seinem Körper. Er spürt die Kälte in seinen Gliedern, die Finger scheinen erstarrt. Náco hockt an einen Baum gelehnt. Sein Gesicht ist gezeichnet von der Anstrengung der Flucht. Sie hatten den Feind in eine andere Richtung gelockt und drei Mann verloren. Náco wirkt anders, wenn er nicht lacht, so fremd.

«Eine Zigarette?» fragt Hanuš.

Bärenbach nickt.

Und sie werden schlafen müssen ohne Feuer, weil jeder Lichtschein sie verraten kann. Selbst die Zigaretten müssen verdeckt werden durch die hohle Hand.

«Wo kommen wir nur hinüber über diesen verfluchten Fluß?» flüstert Hanuš.

Bärenbach blickt auf zu dem Sternenhimmel, und er lauscht den leise wie plätscherndes Wasser fließenden Worten seines Nachbarn, hört von dem Dorf mit acht Katen, hört von Wiesen, Kartoffeläckern, von einem Dorf, selbst für das Kleinvieh zu arm, in dem das zerhackte Reisig die Katen umgibt wie eine zweite Wand – Schutz vor der Kälte, aber nicht vor dem Hunger. Doch im Dorf lebt ein Mädchen, sein Mädchen. Wenn sie gesiegt haben, kehrt er zurück, wird sie heiraten, dieses schwarze Nachtgebet, wird mit ihr leben. Und zur Hochzeit werden drei Dörfer kommen und sogar Leute aus Turecká.

Der gute Hanuš wird sentimental, denkt Bärenbach. Schau an.

«Versuch es dir vorzustellen», flüstert Hanuš, «solch ein Fest: Knödel, richtige Knödel, und dazu einen Berg Fleisch. Und später ein Stück Torte und einen Kaffee.»

Der verfluchte Hunger, denkt Bärenbach. Ein Stück Brot, sehr klein nur noch, ist mein letzter Rest. Und der Tag morgen wird hart. Und auch den Tag darauf werden wir kein Essen haben.

Karel schnarcht rasselnd. Bärenbach muß ihn wecken, weil das Geräusch zu laut ist in dieser Nacht. Hanuš meint, man höre es kilometerweit.

6

Sie brechen gegen drei Uhr auf und folgen dem Strom. Im Dunst des Morgens, der über dem Fluß steht, entdecken sie eine Holzfällerhütte und ein Boot für zwölf Mann. Die ersten also werden über den Fluß gelangen, die anderen können folgen. Bald werden sie im Mährischen Land sein, ehe die Verfolger sie entdeckt haben.

Hanuš, der Draufgänger, und Karel drängen als erste zum Boot, ziehen Bärenbach mit und auch Fechner. Aber Bretislav entscheidet anders, im Dröhnen des Flusses steht er am Ufer, und mit den Bewegungen seiner Hände teilt er die Männer ein: die dritte Gruppe! Vilian wird der Bootsführer sein, weil er das Wasser kennt und seine Gefahren.

Die Männer stoßen das Boot in das eisige Wasser des Váh, es treibt schnell zur Mitte. Aber sie können es nicht halten, der Fluß packt das Boot, als wäre es eine Nußschale, er reißt Ruder aus den Händen, wirbelt es herum, reißt es mit sich fort – treibt es stromabwärts nach seinem Willen. Wie ein Spielzeug. Aber der Tod lenkt es.

Bärenbachs Augen folgen schreckgeweitet dem Boot. Was ist mit Vilian? Er kennt diesen Fluß wie kein anderer! Er kann ein Boot führen! Ist das Wasser so stark?

«Stromabwärts», sagt Hanuš, «wartet die SS!» Sein Gesicht ist bleich.

«Wir können nicht helfen.» Bretislav spricht gegen das Dröhnen des Stromes.

Sie stehen und starren den Kampfgefährten nach. Sie wissen: Jeder von ihnen hätte in diesem Boot sitzen können. Jeder!

«Sie haben keine Chance», sagt Zdeněk leise mit blutleeren Lippen. «Sogar der Sprung aus dem Boot bringt den Tod.»

Da fallen Schüsse, eine Garbe, zwei, drei, vier, als das Boot an einen Felsen prallt. Die Insassen stürzen in das Eiswasser, ihre Köpfe tauchen auf, versinken, die anderen sterben durch eine Kugel, wenn sie an das Ufer klettern.

Nicht einer entkommt.

Bärenbach fröstelt es: Sterben müssen, ohne einen Feind mitnehmen zu können auf die lange Reise, denkt er. Und zuschauen in ohnmächtiger Wut! Verflucht!

Neben ihm schlägt ein Geschoß in den Fels, ein Splitter streift seine Stirn, zieht eine feine rote Spur. Bärenbach springt vom Ufer weg zwischen die Bäume, die sehr dicht stehen und immer dichter werden.

«Zurück», ruft Bretislav, «in Gruppen zusammenbleiben!»

«Sie haben uns wieder», keucht Hanuš, der neben Bärenbach läuft. «Nur – jetzt wird es härter. Eine Hetzjagd. Sie haben mit Sicherheit nachts Verstärkung herangeholt. Heilige Jungfrau, das wird ein Tanz! Von allen Seiten werden die kommen. Ich hab es im Blut. Ich spür es.»

Sie werfen sich zu Boden, als sie das scharfe Surren großer Splitter hören, das dem Knall folgt. Einmal, zweimal, viele Male.

Dann schweigen die Granatwerfer, aber es hämmern deutsche Sturmgewehre an ihrer rechten Seite und ein MG. Ihm antwortet das trockene, bellende Geknatter sowjetischer Maschinenpistolen.

Neben Bärenbach springt Milo auf, ruft Worte, die sie nicht verstehen. Die Garbe eines deutschen Maschinengewehrs trifft ihn voll ins Gesicht.

Bärenbach feuert in die Büsche, aus der die Garbe kam, wechselt das Magazin aus, feuert wieder.

«Vorwärts», brüllt er dann und hebt den Arm.

Sie stoßen auf Deutsche zwischen den Stämmen. Bärenbach stolpert über eine Wurzel, seine Waffe gleitet ihm aus der Hand, schlägt auf den Waldboden.

Vor ihm, als ob er aus dem Boden geschossen wäre, steht ein deutscher Soldat, überrascht wie Bärenbach selbst. Nahkampf! Bärenbach springt auf, stößt dem Mann die Finger ins Gesicht und fühlt unter seinen Nägeln eine gallertartige Flüssigkeit. Einen Augenblick lang spürt er den Drang, sich zu übergeben. Aber sein Blick fällt auf zwei Männer, die sich, eng aneinandergeklammert, auf dem Boden wälzen – der unterste ist Hanuš.

Bärenbach tut alles, was nun folgt, wie im Rausch – im Rausch des Kampfes. Er greift nach dem Messer im Stiefelschaft, stößt es dem Feind bis zum Heft in den Rücken.

«Dobry», knurrt Hanuš keuchend, als er sich von dem Toten löst. Sein Gesicht ist blutverschmiert.

«SS», keucht er, «die sind im Nahkampf gut. Die sind darauf gedrillt, ihre Hände sind wie Klammern aus Stahl.»

Vor ihnen bellt wieder das deutsche MG.

Karel wirft eine Handgranate, eine zweite, denen Schreie

folgen, die durch den Wald gellen, als wollten sie den Lärm des Kampfes übertönen.

Sie laufen den Schreien entgegen. Bärenbach spürt die Zweige nicht mehr, die in sein Gesicht schlagen. Die Bäume fliegen an ihm vorbei. Vor ihm steht das deutsche Maschinengewehr. Seine Bedienung liegt unnatürlich verkrümmt auf dem Waldboden. Einer blickt mit starren wasserblauen Augen in den Himmel. Jung ist er gewesen, vielleicht zwanzig. Und wieder sehen sie Uniformen zwischen den Stämmen, eine dichte Kette, die sie umschließen will, sehen immer neue Verfolger, immer mehr. Hinter jedem Stamm tritt ein Feind hervor.

«Kannst du?» schreit Karel Bärenbach an und weist auf das MG.

Bärenbach nickt, er wirft sich blitzschnell hinter die Waffe, als eine Garbe in den Stamm schlägt, neben dem er liegt. Wo sind die anderen? Aber der Lärm der Schüsse füllt den ganzen Wald. Es ist ein Höllenwald!

Bärenbach schwenkt das Maschinengewehr, drückt den Abzug, und er lacht, als es Garbe auf Garbe in die Kette der Feinde speit.

Das MG hüpft unter seiner Hand und bockt, der Griff schlägt gegen seine Faust. Sie hämmert herrlich, diese Waffe, und ihr Vibrieren überträgt sich auf seinen Körper, als wären sie aus einem Guß: Mensch und Maschinengewehr. Er riecht den heißen metallenen Geruch seines Laufes. Feuern, feuern! Er denkt an die Toten im Strom. Rache! Feuern, feuern… Das Maschinengewehr schüttelt ihn durch, es ist ein gewaltiges Gefühl, ein nie zuvor gespürtes.

Die Garben peitschen durch die Stämme. Nichts wird mehr leben im Wald vor ihm. Dicht über den Boden jagt er nun die Garben aus dem Lauf. Er hat sie alle erwischt! Er hat keinen vergessen! Er feuert und feuert…

Hanuš robbt an ihn heran. «Zurück!» schreit er ihm ins Ohr. «Befehl von Bretislav! Zurück!»

Bärenbach stolpert über den toten Milo, springt wieder auf, hetzt hinter Hanuš her und sieht Zdeněk neben sich. Und er weiß, daß er die Übersicht verloren hat in diesem Kampf.

Aber Bretislav hat sie. Die Partisanen ziehen sich kämpfend zurück. Es wird ein blutiger Rückzug, und die Verwundeten schleppen sie mit.

Nur heraus aus diesem Kessel, aus diesem Wald, in dem es so viele Feinde zu geben scheint wie Nadeln an einer Tanne! Aber ihr eigenes MG, denkt Bärenbach, hat es ihnen heimgezahlt!

Vor ihnen wird der Wald heller, lichter.

Sie bleiben keuchend stehen – wie erstarrt. Vor ihnen liegt buschiges Gelände, unübersichtlich, flach. Der Wind fegt einen dünnen, körnigen Sand in ihre Gesichter. Müde ist Bärenbach und hungrig. Tief schöpft er Luft, lauscht, strengt seine Augen an wie die anderen neben ihm. Ist das Gelände frei? Ein Gelände ohne Bäume!

«Dort müssen wir rüber», knurrt Karel, und er zeigt auf den jenseitigen Rand des Waldes. Seine Augäpfel sind rot geädert, die Lider verschwollen.

«Verdammt», flucht er leise.

Zdeněk reibt sich sein Kinn.

Bretislav blickt in jedes Gesicht. Allein er kennt die Verluste.

Ein Schwarm Krähen fliegt über sie hinweg mit heiserem Schrei. Krähen, Krähen, Krähen... Wie Unglücksboten.

Fern hören sie einzelne Schüsse, dann Salven.

«Die Versprengten», sagt Hanuš leise, «haben keine Chance. Sie jagen sie wie Hasen. Es ist eine Treibjagd für die Deutschen, und wir sind das Wild.»

Wenn sie uns in ihrem Visier haben, denkt Bärenbach, und nur warten, bis wir das Gelände durchqueren? Sie können warten, lauern. So ein Gelände kann den Rest der Abteilung verschlingen. Aber wir müssen hinüber, weil dort der Wald beginnt. Und dann fangen die Berge an, in die sie uns nicht folgen werden. Wir können verschnaufen in diesen Bergen und wieder zuschlagen. Die Berge liegen lockend nah, so nah...

Aber ihrer Spur folgt der gnadenlose Feind.

Bretislav bestimmt die Nachhut, die den Rückzug dekken und den Feind in die Irre führen soll. Zwanzig heben die Arme, sechs wählt er aus: drei Slowaken, einen Tschechen, einen Polen, einen Bulgaren. Die Männer wissen, daß es ein Abschied sein kann für immer, denn die Nachhut muß schießen, bis alle Partisanen den Schutz des Waldes erreicht haben, der ihnen gegenüberliegt. Bärenbach wählt er nicht aus, nicht Hanuš, nicht Karel, nicht Fechner, nicht Wsewolod.

Sie robben durch das Gelände, hetzen vorwärts in geduckten Sprüngen, Gruppe für Gruppe. In ihrem Rücken wird der Gefechtslärm leiser.

Die Berge...

Seit jeher hatten sie den Verfolgten als Unterschlupf gedient, waren Symbole der Freiheit, und zahlreiche Sagen rankten sich um sie. So warteten, erzählt das Volk, im Berg Sitno verzauberte Ritter auf die Stunde der Gefahr, um das slowakische Volk zu retten. Und bald würde sich Ladislav Exnár mit seiner Partisanengruppe in den Felsspalten des Sitno verbergen und nur zu Aktionen aus dem Schutz des Berges heraustreten.

Der Sitno aber besaß viele Brüder.

«Sitno, mein Sitno,

von weither sehe ich dich», hieß es in einem Volkslied.

Das Volk würde wieder zu den Bergen blicken.

Die Stunde der Berge ist gekommen. Aber auch die des Winters.

7

Schnee fällt. Viel zu früh. Aus den Wäldern steigt der Nebel empor, umhüllt die Männer mit einem dichten Schleier. Auf den Bäumen bildet sich Rauhreif, und die Zweige neigen sich zur Erde unter seiner Last.

Hanuš läuft wie ein Bergführer vor seinen Gefährten, vor der Kette aus Männern. Er allein ahnt, was ihnen bevorsteht, und sein Fluch gilt diesem Winter, der so früh beginnt und mit ungewohnter Härte. Und weit entfernt liegt es noch, weit, dieses neue Einsatzgebiet, das über Funk kam vom Hauptstab der Partisanenbewegung. Sie gehen über einen kleinen Bergrücken und gelangen in einen Sattel, dem ein langer Aufstieg zu dem Kamm eines Gipfels folgt, der im Volksmund «Der Tolle» genannt wird, wie Hanuš sagt, dem Berg folgt ein anderer, breit gewölbt und mit einem kahlen Rücken, den Schnee bedeckt. Nur der untere Teil seiner Hänge ist bewaldet.

Die Kälte durchdringt die Männer bis auf die Haut. Sie stolpern, gleiten aus.

Wsewolod rutscht den Hang hinab, kann sich endlich festhalten an einem krüppligen Stamm, steigt wieder keuchend den anderen nach. Zdeněk reicht ihm die Hand. Wsewolod flucht russisch, aber nur Bärenbach versteht den Fluch und Fechner. Zdeněk versteht ihn nicht.

Es geht aufwärts. Die Schuhe sind naß und hart wie Stein.

Weiter, weiter! Hinauf und hinab – die Kuppe eines Berges, ein Grat, ein Tal...

Ein Tal folgt mit einem Bach. Sie trinken eisiges Wasser, das den Durst löscht. Trinken, nur trinken...

Schnee, Nebel und Kälte. Es folgt eine Rast, mit dem Rücken an einem Stamm. Im Tal ist der Wald nicht so stark.

Sie stapfen durchnäßt, erschöpft weiter. Sie werfen weg, was nicht zur allernotwendigsten Ausrüstung gehört. Es bleiben die Waffe und die Munition. Nur der Funker trägt sein Gerät. Er hält die Verbindung aufrecht zum Hauptstab, der auf dem Marsch ist zum Chabenec. Asmolow, der Oberst, den Bärenbach kennt, ist dabei.

Bärenbach schleppt sich weiter, folgt Karels schaukelndem breitem Rücken. Der Wind treibt eisigen Schnee in seine Augen. Er stapft Karels Spuren nach.

Weiter, nur weiter! Nicht stehenbleiben, nicht anlehnen. Weiter.

Nebel und Frost.

Und der Hunger ... und wieder der Durst ... Und Kleidung und Schuhe sind durchweicht. Und eine deutsche Patrouille kann den Tod bringen, kann heraustreten aus dem Dunst in Schneehemden, lauernd im Schutz der Stämme. In diesen Bergen gibt es kein Pardon, und der Gegner kämpft bis zum letzten Atemzug, hat sieben Leben wie eine Katze.

Der Nebel dämpft jeden Schritt, wird immer dichter.

Sie stürzen, rutschen aus auf dem vereisten Abhang, stürzen ins Ungewisse, einer nach dem anderen, als ob ein Sog sie hinabzieht ins Unbekannte: Bärenbach, Karel, Fechner, Janos, Wsewolod. Sie rappeln sich wieder auf.

«Weiter», ruft Hanuš, «weiter!»

In einem Tal ist es klar und warm, und der Wind ist lau, so daß die gefrorenen Gesichter aufzutauen scheinen.

In einer Schlucht entzünden sie ein Feuer, denn die Berge schützen sie und der Hochwald. Die durchnäßten Kleider trocknen am Feuer, aber nur unendlich langsam.

Bedřich, der Funker, ist die einzige Verbindung zum Hauptstab der Partisanen. Aber im Kopfhörer ist nur Rauschen.

Die Männer lehnen zusammengekauert an den Bergfichten. Sie kochen Bohnen ohne Salz, ohne Fett, schlafen wie Tote, eng aneinandergedrückt, Bärenbach an Fechner, Karel an Janos, Hanuš an Wsewolod.

Ein unnatürlicher, ein krampfartiger Schlaf ist das. Die Kälte macht Bärenbach wach, wieder und wieder. Seine Zähne schlagen aufeinander. Und der Hunger, dieser fürchterliche, dieser nie als ein solch bohrender Schmerz gespürte Hunger… Nie…

Er erwacht und teilt das letzte Brot mit Hanuš, mit Zdeněk, mit Fechner. Drei Kartoffeln essen sie roh. Sie erwarten den Morgen…

Sie hören ferne Schüsse, und keiner weiß, wie nahe sie sind, die Verfolger.

Sie springen auf, hasten weiter und spüren im Laufen den Frost noch beißender und den eisigen Wind, der stärker und stärker wird. Ein wahnsinniger Flockenwirbel nimmt jede Sicht. Kaum erkennt Bärenbach noch Karel, der sich vor ihm gegen den Sturm stemmt.

Und bergauf geht es, immer weiter bergauf.

«Ein Schneesturm!» schreit Hanuš.

Der Schreckensruf fliegt von Mund zu Mund: ein Schneesturm!

Die Hände, denkt Bärenbach, werden erfrieren bis auf die Knochen und auch die Füße. Verdammt! Sein Mund öffnet sich zum Schrei, aber ein Röcheln ist der einzige Laut.

Der Schneesturm wird zum Orkan, zum Inferno. Dieser verdammte eisige Schneewind, denkt Bärenbach, der die Augen verklebt, der den Atem nimmt – dieser verfluchte Sturm. Das Schneetreiben wird dichter und dichter.

Wer stürzt, bleibt liegen! Sie müssen eng zusammenbleiben, immer in Sichtweite des Vorder- und Hintermannes.

Wenn ich falle, denkt Bärenbach, stehe ich nicht wieder auf, denn dieser Sturm preßt mich an den Boden, und wer vom Weg abkommt, ist verloren. Ich bin naß bis auf die Haut, ich bin müde..., ich bin entkräftet..., ich möchte mich fallen lassen, einfach fallen, einsinken in den Schnee..., schlafen..., schlafen..., vielleicht ist der Tod gar nicht so schwer... Aber es sind meine Männer..., ich darf keinen verlieren...

Wie lange gehe ich schon?

Einen halben Tag?

Einen ganzen?

Wer sieht die Dunkelheit kommen in diesem Inferno?

Er torkelt weiter, sein Körper funktioniert ohne Gehirn, mechanisch hebt er die Füße, taumelt vorwärts.

In seinen Taschen entdeckt er ein Stück Zucker. Verstohlen steckt er es in den Mund, damit ihn keiner beobachten kann. Aber wer achtet auf den anderen in dieser Stunde des weißen Todes? Karel vor ihm beugt sich über eine Gestalt, die im Schnee liegt und die der Schneesturm mit rasender Geschwindigkeit mit einem weißen Mantel bedeckt.

Ein Toter!

Karel stapft weiter. Bärenbach beugt sich über den Toten, wischt ihm den Schnee aus dem Gesicht, blickt in starre Augen, die er genau kennt: Nikolai, der Ukrainer, aus der ersten Gruppe.

«Weiter», schreit ihm Karel ins Ohr, «die Toten müssen wir liegenlassen. Die Bauern der Dörfer werden sie begraben. Wir geben ihnen Nachricht. Bleibt dicht hinter mir!» Kaum hört man die Worte, weil der Sturm so laut heult.

Bärenbach schließt die Augen. Öffnet sie nur einen Spalt, um Karel nicht zu verlieren. Karels Rücken ist ein Anker, ein Halt.

8

Wieder liegt ein Toter vor ihm.

Noch, denkt Bärenbach einen Augenblick erleichtert, bin ich es nicht. Doch die Freude ist wie ein Aufschrei, schmeckt bitter. Er könnte es sein oder Fechner oder Karel! Und es könnte Wsewolod sein... Janos... Zdeněk. Nur Hanuš nicht, er läuft länger als wir alle, er ist der Zäheste. Nur die Stärksten werden ihn überleben, diesen Marsch. Jede Stunde aber wird weitere Opfer fordern. Jede. Sie sterben im Lauf, das Herz setzt aus, ohne Schrei sinken sie in den Schnee. Verflucht sei dieser Marsch! Wenn man im Kampf fällt, wenn man zurückschießt, ist das Sterben anders. Dieses Sterben im Schnee ist tausendmal schwerer. Und im Nacken haben wir die SS. Warten wir auf sie, sterben wir alle, marschieren wir weiter, kommen die Besten durch. Und die Besten werden kämpfen, in jeder Nacht – den Deutschen soll das Blut gefrieren! Der Gedanke an die kommenden Kämpfe weckt neue Kräfte in ihm, er spürt es, obwohl er sich kaum noch auf den Beinen halten kann und sein Körper ein einziger Muskel scheint, den der Schmerz durchzuckt.

Er keucht zu einer unerreichbar hoch scheinenden Kuppe hinauf. Schritt für Schritt quält er sich durch Schneeverwehungen. Und wieder liegt ein Mann vor ihm, er liegt auf dem Rücken, so, als ob er mit weitgeöffneten Augen in den Himmel sieht.

Es ist Jasko!

Dann bleibt Bärenbach stehen und keucht, bis Fechner, der wohl mit geschlossenen Augen gelaufen sein muß, gegen ihn prallt. Fechner steht vor ihm, mit hängenden Schultern und mit verzerrtem Gesicht.

Weiter, weiter, weiter... Bärenbach läuft, läuft, läuft Stunden, Tage, läuft...

«Verdammte Scheiße», flucht Hanuš, der am Weg wartet und alle passieren läßt. Er spuckt in den Schnee.

Vor ihm liegt ein Bergkamm.

Die Ermüdung ist unbeschreiblich, und der Abstieg wird ein Sturz, sie wälzen sich mit dem Gesicht voran durch den Schnee.

Ein Gewehr entlädt sich im Fall, der Knall des Schusses hallt weiter durch die Berge. Die Männer schrecken zusammen, reißen die Waffe hoch. Aber es folgt kein weiterer Schuß. Es war nicht der Feind.

Stunden laufen sie und Stunden. Jedes Zeitgefühl scheinen sie verloren zu haben. Das Atmen fällt immer schwerer, und die Augen schmerzen vom Schnee, der in den Wimpern zu Eis erstarrt. Überall liegt er, so weit die Augen blicken können. Aber sie blicken nicht mehr weit. Sie haben nur noch ein Ziel: den Vordermann.

Schnee..., Schnee..., Schnee...

Er deckt uns alle zu, denkt Bärenbach, und wir haben keine Verpflegung mehr. Wir können verhungern. Da ist das Erfrieren leichter, das Einschlafen im Schnee. Ist das Sterben leicht, wenn man hinüberschläft in den Tod, wenn man im Schlaf erstarrt? Keine Ausbildung, auch wenn sie noch so gut ist, kann das Inferno proben. Dieser Winter kommt zu früh. Noch ehe wir ein Lager haben, überrascht er uns. Wir sind nicht dafür gerüstet. Der Hall ferner Schüsse dringt zu ihnen herauf. Ich bin zu erschöpft für die Furcht, denkt Bärenbach. Ich will schlafen, nur schlafen, schlafen.

Er erschrickt, als ihm Hanuš auf die Schulter schlägt. «Achte auf deinen Hintermann, Boris. Wenn es not tut, nimm diese Wäscheleine. Ich stecke sie in deinen Rucksack.»

Bärenbach nickt. Hanuš hält ihn für stärker, als er ist. Aber Vertrauen kann einen wieder stark machen.

Hinab und hinauf, wieder hinab, wieder hinauf und immer höher.

Die Kuppen sind überzogen vom Eis, über sie hinweg rast der Sturm.

In den Tälern und Senken aber liegt knie- und manchmal gürtelhoch der Schnee, er deckt alle Pfade zu, alle Wege, er liegt über Bächen, Gewässern und Pfützen, verwandelt sie in Fallen. Bärenbach bricht ein, rappelt sich heraus, stapft weiter. Das Eis klebt an den Schuhen, beschwert die Füße wie Blei, macht die Sohlen übergroß.

So wanken sie weiter. Wer fällt, steht nicht mehr auf. Die Erschöpfung läßt die Gesichter zu Masken erstarren.

Bärenbach rüttelt Fechner an den Schultern.

«Nicht einschlafen, Karl!» Erschrocken blickt er sich um, weil er den deutschen Namen gebraucht hat. Aber keiner achtet auf seine Worte.

«Ein Nemec», würde es durch die Kette fliegen, «ein Schwabe!»

Bärenbach nimmt die Wäscheleine, schlingt sie um seinen Leib und um den von Fechner, nimmt noch dessen Rucksack. Das Seil ist Geschirr und Signalleine zugleich – ein Ruck, und Bärenbach wendet sich um.

Höher, höher in die Berge...

Aus dem Dunst treten Gestalten: Männer wie Geisterwesen.

Zdeněk reißt die Maschinenpistole hoch. Ein Schuß fällt, ein zweiter. Aber dann folgt ein Winken von Armen, der Gruß der Partisanen. Andere Partisanen sind es, die ihren Weg kreuzen.

9

Ein Sturz reißt Bärenbach und Fechner einen Hang hinab, endet erst im Geäst einer krüppligen Kiefer.

Bärenbach liegt benommen. Nacken und Rücken verweht der Schnee. Kommt so der Tod? Da packt ihn Hanuš an den Schultern, der Mann, der überall ist. Aber es sind seine Berge, er kennt sie... Ein endloser Kreis: Berge, Täler, Kuppen, Kämme...

Wie gegen eine Wand stemmen sie sich gegen den Sturm, der immer schriller heult, der jede Kuppe zu einer Qual macht. Schlaf! Schlaf! Fallen lassen! Schlafen! Den Gliedern folgen, die schwer wie Blei sind und Ruhe wollen.

Sie keuchen weiter. In ihren Ohren heult der Sturm. Sie sind am Ende ihrer Kraft...

Die Stille...

Bärenbach reißt die Augen auf: Vor ihnen liegt ein Hochtal. Und da weiß er plötzlich, daß sie ihr Ziel erreicht haben, ihr neues Einsatzgebiet.

Im Tal hört man das Heulen des Windes nur noch schwach. Sie stapfen durch knietiefen Schnee auf einen Lichtschein zu, der aufleuchtet zwischen den Stämmen – ein Feuer. Es flackert, und zwei Männer füttern es mit Reisig und Zweigen. Um das Feuer herum liegen Gestalten im todähnlichen Schlaf, sie liegen in Decken gehüllt und in Zeltbahnen. Es ist nicht das einzige Feuer, das Bärenbach erblickt, überall zwischen den Stämmen flackert es.

Wie viele werden es geschafft haben? Wie viele blieben im Schnee? Sie hocken auf Reisig neben den Flammen, sie schweigen. Das Schweigen ist wie ein Abschied von den Toten.

Die Kleider beginnen am Körper zu trocknen. Gegen ihre Rücken schlägt ein eisiger Wind, und von vorn sengt sie die Glut des Feuers. Die Männer starren in die Flammen. Ihr Blut pocht schmerzhaft in den Schläfen. Schlafen, schlafen, schlafen. Aber die Strapazen werden sie mitnehmen in ihre Träume. Bärenbach erblickt Zdeněk, zusammengekauert, mit dem Gesicht einer Mumie. Er sitzt da wie der Tod. Eine Ahnung?

Als das Feuer zu verlöschen droht, erhebt sich Bärenbach. Er geht mit schweren Gliedern, taumelnd, geht Hanuš nach, der Zweige bricht. Mit einem Arm voll Ästen kommt er an das Feuer zurück.

«Das wird reichen», sagt Hanuš, «für diese Nacht.» Und er stochert mit einem Ast in der Glut.

«Schlaf du jetzt», sagt Bärenbach, «in zwei Stunden werde ich dich wecken wegen der Wache. Nach dir steht Náco. Und vor dir Zdeněk.»

«Charoscho», knurrt Hanuš, und während er spricht, schläft er ein.

Der neue Tag...

Bärenbach steht mit Fechner auf der Kuppe.

Die Täler vor ihnen und die Berge liegen in windstillem Frost. Auf den Hängen glitzert Schnee. Nur auf den Graten sieht man Gestein und Moos.

Sie blicken zurück, dem Norden zu, wo es nicht mehr schlägt, das Herz des Aufstandes: Banská Bystrica. Hinter den Bergen und Tälern liegt sie, die Stadt. Wehe denen, die geblieben sind! Die Rache der Sieger ist furchtbar.

«Wie ein Leichentuch», sagt Fechner, «dieser Schnee.»

Sein Blick gleitet über die Berge, dunkelgrün und weißgefleckt.

«Ohne den Schneesturm», fügt Fechner hinzu, «hätten es alle geschafft.»

«Vielleicht», sagt Bärenbach, «wären wir auch alle tot. Alle...»

Je sechs Mann bauen einen Bunker, so, wie sie auch zum Einsatz gehen. Bärenbach baut ihn mit Fechner, mit Hanuš, mit Wsewolod, mit Janos, mit Karel. Zdeněk ist in einem anderen, der auch zu Bärenbachs Gruppe gehört. Sie graben dort in die Erde, wo man tief in sie hinein kann, an einer Anhöhe und unter Bäumen. Am Eingang bauen sie den Vorbau aus kleinen Stangen, überdeckt mit Reisig und Schnee.

Ins Innere des Bunkers dringt kein Frost. Sie schlafen auf Reisig und Decken, später bauen sie sich Pritschen, Feuer dürfen nur brennen, wenn der Rauch, aus Rohren abgeleitet, sie nicht verrät.

Sie legen Ausweichbunker an, weit entfernt, die man erreichen kann in schnellem Marsch oder die günstiger sind für einen Einsatz in einem anderen Tal.

Sie bauen Bunker für die Munition und sichern sie mit Minen. Wsewolod ist darin ein Meister.

In drei Phasen verläuft nun der Tag: Wache, Aktion und Schlaf. Und die Kleidung muß trocknen am Körper im Bunker.

Die SS schießt aus den Tälern zu ihnen herauf, aber sie vergeudet nur ihre Patronen. Die Berge sind das Reich der Partisanen. Und die Bauern helfen mit Nahrung, doch sie haben selbst nicht viel. Und auf Hilfe steht der Tod.

Die Partisanen leben mit dem Hunger, er ist ein Gefährte, der bleibt, der nie stirbt, sondern stärker wird mit der zunehmenden Härte des Winters.

Die Einheit ist gegliedert in Gruppen, zwei davon für die Aufklärung, eine für den Tag, eine für die Nacht, den Rest bilden die Einsatzgruppen, getrennt nach Sprengkommandos und Gruppen für den direkten Kontakt mit dem Feind. Auf die Aufklärer, geführt von Mirko und Miso, kommt es in besonderem Maße an, denn unendlich wichtig für jeden Einsatz sind sie. Welche Wege kann eine Gruppe gehen zu einer Aktion, welche Straßen? Welche Dörfer werden helfen? Wann kommen Züge, die man sprengen will? Und wann sprengt man nur die Lokomotive, weil die Munition in den Waggons gebraucht wird für den eigenen Einsatz? Wann kann man eine Brücke in die Luft jagen mit einem ganzen Zug, weil ihn Soldaten füllen für die Front? Und der Befehl lautet: Keinen Zug mit Zivilisten sprengen! Nie! Und wo liegen die Munitionslager? Die offiziellen, die geheimen? Wie stark ist die Wache zu ihrem Schutz? In welchen Dörfern leben Faschisten, die «Schutzdienstler» Karmasins, des Führers der deutschen Minderheit, oder Hlinkagardisten? Welche von ihnen sind Fanatiker und welche nur Mitläufer? Und wie eine Lawine rollt die SS durch die Dörfer in den Tälern. Männer ganzer Dörfer werden erschossen, so in Kľak, in Ostrý Grúň, in Hažlin. Es ist eine gnadenlose Zeit. Aber die Männer in den Bergen wissen: Sie binden Kräfte der Deutschen, die fehlen werden an der Front gegen die Rote Armee, denn eine Aktion folgt so der anderen, einer gesprengten Brücke folgt ein Tunnel, folgt ein Zug, ein ganzer Bahnhof, einer Gendarmeriestation folgt ein Munitionslager, wieder ein Zug...

Und in Lomnistá dolina soll er sitzen, der Hauptstab der Partisanen und Oberst Asmolow, dessen Spitznamen Bärenbach kennt: Bär.

Sie starren in die Nacht, Náco, Zdeněk und Bärenbach, blicken hinauf zum Himmel. Es ist eine klare und kalte Nacht. Und sie warten auf das Flugzeug, das Munition abwerfen soll und Waffen. Aber wichtiger als alles ist die Munition. Sie vergessen den Frost, blicken zum Himmel. Jeder hat nur noch ein paar Patronen.

Das Brummen naht.

«Da ist es», ruft Náco, und er gibt das Signallicht. Das Flugzeug ist über ihnen, aber die Männer im Flugzeug werfen nichts ab.

«Ich denke», sagt Zdeněk, «über Funk kam die Zeit?»

Das Flugzeug entschwindet.

«Die Zeit», sagt Náco, «ist lange vorbei. Und es gibt die deutsche Flak. Es gibt Nachtjäger.»

Sie warten...

Und wieder das Brummen. Bärenbach fröstelt es plötzlich. Wenn es ein deutscher Bomber ist? Wir setzen ihm noch das Ziellicht? Wir führen ihn zu uns heran? Erst kommen die Bomber und dann ihre Fallschirmjäger mit schwarzen Schirmen?

Ein zweites Flugzeug folgt dem ersten.

Das Signallicht, denkt Bärenbach. Aber es müssen die Unseren sein! Und wir brauchen die Munition und den Sprengstoff! Wsewolod braucht ihn schon morgen nacht für die Brücke. Und übermorgen für den Zug! Verflucht. Noch schlimmer als der Hunger ist die fehlende Munition!

Etwas Dunkles löst sich aus dem Flugzeug. Bärenbach späht nach oben: Bomben oder Bündel? Eins..., zwei..., drei..., vier..., zehn Fallschirme mit Bündeln. Sorgsam verpackt fällt sie vom Himmel, die Munition. Für die Maschinenpistolen, für die Maschinengewehre. Und Medikamente. Ohne die Flugzeuge könnten sie schwer bestehen.

Sie schlafen den ganzen Tag, um nachts mit der Eule zu jagen, wie Náco sagt.

«Verflucht», knurrt er im Bunker, «diese Flöhe. So, wie man bekleidet ist, müßte man in einen Zuber und in ihm bleiben, bis kein Floh mehr lebt. Nur so könnten wir die Herren fassen, nur so.»

Hanuš lacht. «Da mußt du warten mit einem solchen Bad.»

«Mahlzeit», sagt Náco, als ob er mit den Flöhen spräche, «Guten Appetit, die Herren!»

Aber da sind noch die Läuse. Man findet sie nur bei dem anderen im Tageslicht, und man findet nicht alle.

Zwei Tage darauf schleppt Náco einen Wäschetopf von einer Alten aus dem Dorf heran. «Für die Flöhe», sagt er.

Bärenbach schüttelt den Kopf. Für die Flöhe? Nácos Späße sind manchmal makaber.

«Wir füllen ihn mit Schnee», sagt Náco, «stellen ihn auf das Feuer, und wenn er heiß ist, dieser Schnee, wenn er kocht als Wasser, stecken wir die Wäsche hinein. Alle auf einen Schlag. Es muß ganz schnell gehen.»

Ein Teufelsbraten, dieser Náco!

Sie sitzen nackt im Bunker, hüllen sich in Decken, starren in den Topf. Und Náco reibt sich die Hände.

«Seht nur. Ich leg eine Strichliste an. Jeder Floh ein Strich. Jede Laus.»

Aber in den Decken lauern die Flöhe auch...

Und im Dunkel spricht Hanuš von Juraj, Juraj Jánošik, diesem rebellischen Volkshelden, spricht von dessen Taten, seiner Tapferkeit. Und sei nicht, so fragt er, das slowakische Volk zum Aufstand in seinem Geiste angetreten, im Geist seiner Taten, seiner Tapferkeit? Jánošik aus Terchová, dem Dorf, das den Eingang in das schönste Tal der Kleinen Fatra bildet, spricht Hanuš weiter, umsäumt von bewaldeten Bergen, wilden Felsen und Almen, tiefgrün.

Natürlich könne man auch sagen, daß Terchová den Abschluß des Tales bilde, da es nur einen einzigen Zugang besitzt: den wasserschäumenden Canon Tiešnavy. Er kenne wenige Täler, die schöner sind. Und das Leben Jánošiks, meint er, sei so gewesen wie das Wasser des Canons: ein gutes, aber auch ein kurzes Leben. Mit neunzehn schon der Ritt an der Seite der Kuruzen beim Aufstand gegen die Habsburger, die Flucht aus der streng bewachten kaiserlichen Kaserne von Vel'ka-Bytča und dann die Operationen von den unwegsamen Bergen aus, von Trenčín, Orava und Liptau–Gemer, vor denen alle Herrschaftssitze erzitterten.

Sie lauschen Hanuš, und sie nehmen seine Worte, die Bärenbach Wsewolod übersetzt, mit in den Schlaf.

10

Bärenbach schreckt hoch im Bunker, blinzelt Náco ins Gesicht, der ihn rüttelt, als wollte er ihn aus dem Winterschlaf wecken.

«He, Boris, ein Junge aus dem Dorf ist da! Miso heißt er.»

Ein gutes Dorf, fährt es Bärenbach durch den Kopf. Einmal lag Václav krank im letzten Haus am Hang, blieb, bis er wieder laufen konnte. Bärenbach kennt ihn, diesen Jungen, kennt seinen Namen. Der Junge ist zwölf und blond wie Wsewolod.

«Er will zu dir, Boris», sagt Náco. «Ich frag ihn: zu welchem Boris? Na, du weißt schon, beharrt er trotzig. Vorige Woche hab ich Boris Salz gegeben, sagt er, einen ganz kleinen Beutel voll. Also diesem Burschen haben wir das Salz zu verdanken. Ich könnte ihn küssen.»

Náco schlägt Bärenbach auf die Schulter.

«Weißt du, was er noch sagt?»

«Woher», brummt Bärenbach, «soll ich das wissen. Ich habe geschlafen.»

«Wenn du ihm hilfst, hätte er noch mehr Salz und vielleicht auch Fleisch.»

Bärenbach kann in Nácos Augen lesen, daß ihm das Wasser im Mund zusammenläuft. Er wirft sich die Jacke über und tritt aus dem Bunker.

«Tag, Miso! Was ist?» fragt er den Jungen. «Hier sollst du doch nicht herkommen.»

«Es hat keiner gesehen», sagt Miso. «Und es ist wichtig. Die Deutschen kommen morgen und wollen die Kühe holen. Man hat uns gewarnt.»

«Eure Kühe?» fragt Bärenbach.

«Ja», sagt der Junge.

«Das ist schlimm», brummt Bärenbach. «Was können wir da...»

«Wir müssen sie verstecken», ruft Miso eifrig, «dort, wo sie sie nicht finden. Wo sie sich nicht hintrauen! In den Bergen!»

«Alle dreißig Kühe?»

Náco prustet los, lacht schallend, und Bärenbach preßt ihm die Hand vor den Mund.

«Náco! Du wieherst wie eine ganze Hengstherde!»

Náco will sich immer noch nicht beruhigen. «Ich stelle es mir gerade vor, wie die Kühe in die Berge laufen, durch den Schnee stapfen. Und dann stehen sie vor unseren Bunkern und rufen die SS.»

Bärenbach überlegt, dann geht er zu Bretislavs Bunker.

Als er heraustritt, steht Miso noch immer auf dem gleichen Fleck, nur tritt er aufgeregt von einem Bein auf das andere.

«Was ist nun, Boris?» ruft er.

Und Náco bleibt der Mund offenstehen, als Bärenbach mit Miso spricht. Ist er verrückt, dieser Boris! Was sind die Russen nur für verrückte Kerle!

Sie stapfen ins Dorf, zehn Partisanen aus Bärenbachs Gruppe, und es geschieht so, wie Bärenbach es Bretislav vorgeschlagen hat. Sie binden den Kühen das Maul zu. Dann aber beginnt das Schwerste: Die Kühe müssen in die Berge! Einzeln führen sie sie durch den Bach und dann den Pfad hinauf, immer weiter, immer höher. Einige gehen

willig, andere bleiben oft störrisch stehen, als ginge es zum Schlächter. Der letzte Mann verwischt die Spuren.

«Saudumm, die Kühe», spottet Náco, «saudumm!»

Im Schutz der Tannen endlich stehen dreißig Kühe, seltsam vermummt. «Na und», fragt Náco. «Sie stehen hier und verhungern, weil wir ihr Maul nicht freigeben können.»

Da ist es Bärenbach, der lacht. «Haben sie Heu vor der Schnauze, mein Bester, kannst du ihr Maul freibinden. Sie brüllen nicht, sie fressen! Dann binden wir es wieder zu.»

Miso und seine Freunde schleppen das Heu herbei.

Am Tag darauf kommen die Deutschen, nehmen Schafe mit, Ziegen, Schweine – aber Kühe finden sie nicht. Es ist ein Dorf ohne Kühe! Der Feldwebel will es nicht fassen, aber es ist so. Sie trinken, denkt er endlich, sicher nur Ziegenmilch, diese Schafsköpfe! Aber sie suchen auch nicht weiter, weil sie noch lange – bevor die Dämmerung beginnt – herauswollen aus der Nähe der Berge, nur weg. Nicht weit von hier ist eine ganze Abteilung der SS zusammengeschossen worden, ohne daß die Soldaten einen Schützen sahen. Es waren einzelne Schüsse, jeder hatte getroffen: dreißig Tote. Der Feldwebel will ihn überleben, diesen Krieg.

Zwei Tage darauf treiben die Partisanen die Kühe ins Dorf zurück.

Die Bauern geben ihnen ein schlachtreifes Kalb, ein Säckchen Salz, und Bärenbach geben sie eine Flasche Sliwowitz extra. Eine Flasche für alle, da bleibt für einen nicht viel, da muß man losen, und nur jeder Dritte gewinnt einen Schluck.

Aber sie gewinnen alle, die Partisanen, denn wie eine Taube fliegt die Geschichte der Herde von Dorf zu Dorf, bringt neue Freunde, überall.

Aber sie müssen wieder höher in die Berge hinauf, denn in drei Dörfern lauert die SS.

Nur ein paar Kartoffeln bleiben noch und ein Rest von hartem Brot. Mit leeren Mägen steigen sie in die Täler hinab. Nacht für Nacht. Kein Dorf ist sicher für den Feind, keine Straße, keine Schiene, kein Haus. Der Tod ist überall. Wie die Krähen.

Andrej, der Leutnant aus Kiew, kehrt nicht wieder mit seinen Gefährten. Nur einem, der bei ihm war, gelingt die Flucht zurück in die Berge: Zdeněk, dem Bäcker. «Andrej», sagt er, «nahm den Lauf der Pistole in den Mund, als ihn der Schuß in die Hüfte traf und er uns zur Last wurde.»

Sie sprengten vier Züge in einer Woche, ein Munitionslager und ein Offizierskasino. Sie werden wieder gejagt und wechseln in Nachtmärschen die Einsatzgebiete, ihre Spuren löscht der Neuschnee. Sie ziehen die Verwundeten auf Schlitten mit.

Und nie sind es weniger als vier Verwundete.

Das schlimmste aber von allem sind die fehlenden Medikamente.

Einmal steigen sie hinab: zwei Dörfer für Náco, zwei für Bärenbach und für Zdeněk die nahe Stadt, die er gut kennt, weil in ihr zwei verläßliche Freunde wohnen. Treffpunkt ist wieder das Hochtal unter dem Berg. Zu den Bunkern werden sie gemeinsam zurückkehren. Sie tragen nur Pistolen unter den Jacken, sind gekleidet wie die Bauern in den Tälern, und sie haben Ausweise dieses Landes.

Es wird Abend.

Bärenbach steht und wartet mit leeren Händen: Die Bauern leben im Würgegriff der Furcht. Náco bringt zwei Röhrchen, eine Packung Schmerztabletten und Mull.

Zdeněk ist der letzte, und er bleibt lange über die Zeit. Haben sie ihn gefaßt? Er ist die letzte Hoffnung, denn den Arzt Gašpar hat die SS gehenkt, Telúch ist verhaftet. Sie blicken in das Tal hinab.

Bärenbach denkt an den stöhnenden Štefan, den Kamil und Hanuš hielten wie mit eisernen Klammern. Bärenbach schüttelt sich. Eine Kugel aus dem Oberarm und ohne Betäubung, und Jan, der operiert, ist nicht einmal ein richtiger Arzt, nur ein Student der Medizin! Wie ein Toter lag Štefan auf der Trage.

Nun sind es fünf, die sie mitziehen müssen auf den Schlitten. Fünf! Aber Jan macht seine Sache gut, sein Skalpell ist scharf und schnell. Ehe man stöhnen kann, schneidet er tiefer, und wenn man Glück hat, löscht die Ohnmacht den Schmerz. Aber jeden kann die Kugel treffen. Und noch schlimmer als diese fünf: so wie Jurek: mitten in den Bauch. Ein Tod mit einem Tuch vor dem Mund gehalten von den Kameraden, weil man nicht schreien darf! Lieber den Tod im Kampf und den schnellen Tod! Jeden graust es vor Jans Messern, den Klingen, die immer tiefer schneiden. Štefan preßte der Schmerz beinahe die Augen aus dem Kopf, er bäumte sich auf gegen das Messer, gegen die Arme, die ihn hielten. Keiner weiß, wie er es selbst ertragen würde. Die Stunde der Bewährung kam erst unter dem Messer. Oder beim Verhör durch die Gestapo. Oder in der Stunde des Todes, wenn man wußte, daß man ihm nicht mehr entrinnen konnte.

Komm, Zdeněk, bring Medikamente, einen Beutel voll! Komm überhaupt! Komm wieder! Komm! Wenn auch mit leeren Händen. Komm!

Die Stille kann trügerisch sein. Die drei letzten – Jurai, Teodor und Ludovit – kehrten nicht zurück, und keiner in fünf Dörfern hatte etwas erfahren können. Auch keiner in der Stadt. Sie blieben verschwunden, waren wie ausgelöscht.

Sie hatten das Einsatzgebiet gewechselt, sofort.

Tot oder im Keller der Gestapo? Lieber tot! Jurai, Teodor, Ludovit – dann lieber für euch den Tod. Bärenbach wird sich vor der Verhaftung erschießen. Er weiß es, er wird die Kraft haben.

Komm, Zdeněk, komm! Du bist einer, der nie Angst hat, der sich immer meldet, zu jedem Einsatz. Auf dich ist Verlaß. Schulter an Schulter kämpft es sich gut mit dir.

Sie stehen im Schutz der Tannen, und die Dämmerung weicht langsam der beginnenden Nacht.

Sie schrecken zusammen, als sie eine Gestalt sehen. Sie lassen sie ganz nahe heran, damit Bärenbach sie mit dem Messer ergreifen kann. Die Gestalt kommt vorsichtig, witternd wie ein Wolf, auf sie zu. Sie trägt keine Maschinenpistole.

Es ist Zdeněk!

Bärenbach umarmt ihn, wird mitgerissen von seiner Freude. «Zdeněk!»

«Ich hab Äther», sagt Zdeněk, «und so allerlei. Von unten aus der Apotheke.»

Sie steigen hinauf in die Berge, und Náco tritt die Spur, denn Neuschnee ist gefallen und sehr dicht.

Sie blicken zurück, sehen die Lichter des Dorfes und den Mond, der rund und voll über den Bergen steht. Sie blasen ihren Atem als dünnen weißen Hauch in die Luft.

«Wenn wir das hier überstehen», sagt Náco, «gehe ich mit meiner MPi zum Wenzelsplatz und veranstalte dort einen Rummel, wie ihn Prag noch nie erlebt hat!»

Was, denkt Bärenbach, tue ich? Einfach durch die Täler wandern, über die Kämme, ohne wachsam sein zu müssen bei jedem Schritt. Diese Landschaft in Frieden genießen. Laufen, bis die Füße schmerzen und man im Zelt schläft neben einer Quelle. Tief und fest. Allein nur mit der Landschaft und den toten Gefährten…

11

Dort, wo sich das Tal verengt zwischen den steil in den Himmel wachsenden Bergen, befindet sich die Brücke. Es ist eine steinerne Brücke, und sie führt über einen Bach. Wenn man die Straße herabkommt, sieht man die Brücke kaum, weil die dichten Fichtenwälder bis an die Straße reichen. Der Schnee auf der Straße liegt festgewalzt, da mehrere Militärkolonnen über ihn hinweggerollt sind. Die Männer stehen hinter Bäumen. Es ist Bärenbachs Gruppe. Die Männer sind weit marschiert für diesen Einsatz, weit führte er sie von ihren Bunkern weg.

Bärenbach steht so, daß er die Straße überblicken kann. Sie warten auf den Munitionstransport, da sie einen Hinweis erhielten von Pavel aus der Gendarmeriestation. Die

Männer haben sich über die Hänge verteilt – je eine Gruppe für einen Lastkraftwagen. Sie rechnen mit einem Kübelwagen und vier Lastern oder fünf. Die leichten Waffen und die Munition werden sie mitschleppen, der Rest wird gesprengt – eine Aufgabe für Wsewolod.

Die Männer frieren. Wenn der Feind doch schon käme! Ungeduldig schaut Hanuš die Straße hoch, führt seine in der hohlen Hand versteckte Zigarette zum Mund und raucht hastig. Aber die Zigarette schmeckt ihm nicht, obwohl es die vorletzte in seiner Packung ist.

Karel, Januš, Fechner und Wsewolod stapfen einige Schritte hin und her, schlagen die Arme vor der Brust zusammen. Der Schneefall beginnt plötzlich, die Flocken fallen immer dichter, und man kann die Straße in ihrer gesamten Länge nicht mehr überblicken.

Das kann gut sein, aber auch schlecht.

«Sie kommen», raunt es zwischen den Stämmen.

Bärenbach vernimmt ein rasch anschwellendes Motorengeräusch, das im Schneetreiben näher und näher kommt. Er kann nicht heraushören, wie viele Autos es sind, aber es müssen mehrere sein.

Hinter der Talkrümmung tauchen die Scheinwerfer von zwei Fahrzeugen auf.

«Nur zwei!» flucht Hanuš enttäuscht, «und ein Kübelwagen dabei.»

Sie müssen gleich schießen. Lebend darf keiner wegkommen. Keiner! In dem Kübelwagen haben die drei Männer, der Fahrer und seine Begleiter, die Kragen ihrer Wintermäntel hochgeschlagen. In den Lastkraftwagen kann man nicht hineinblicken, aber mehr als zwanzig Mann sitzen nie drin.

Bärenbach gibt das Zeichen. Er feuert in den Kübelwagen, zuerst in den Fond und dann auf die Reifen. Aus dem Lastkraftwagen springen Gestalten in Schneehemden, versuchen in unheimlicher Schnelligkeit im tiefen Graben neben der Straße Schutz zu finden. Aber die meisten trifft die Kugel im Sprung.

Sie sterben ohne Laut, denkt Bärenbach.

Aber da stößt ihn Hanuš an, und Bärenbach will es nicht glauben: Einer aus dem Kübelwagen hetzt durch den tiefen Schnee, wirft sich hin, schießt nicht zurück, läuft, erreicht den Schutz der Bäume.

«Übernimm du das Kommando», ruft er Hanuš zu, winkt Fechner und Náco und läuft über die Straße, wirft keinen Blick mehr auf die Autos, folgt nur der Spur, die zwischen Tannen führt.

Hinter ihm verebbt der Lärm der Schüsse.

Seine Gefährten, das ahnt er, werden nun weiter warten und die Toten mit Schnee bedecken, nachdem sie ihnen die Waffen und die Uniformen abgenommen haben und die Stiefel, die so wichtig sind.

Die Spur führt steil bergan, es sind gut sichtbare Fußeindrücke.

«Der läuft wie ein Teufel», knurrt Fechner.

«Aber wir haben es leichter», sagt Bärenbach, «wir treten in die Spur seiner Stiefel. Er muß den Weg bahnen, und ist er müde, haben wir ihn.»

Der Schnee fällt dichter.

«Die Spuren fehlen», sagt Bärenbach verdutzt.

Die Zweige der Fichten neben ihm krümmen sich unter einem hohen Schneepolster. Eine absolute Stille umgibt sie. Eine riesige Tanne liegt vor ihnen, gewaltig wie ein gestürzter Turm.

«Er ist auf dem Stamm gelaufen», flüstert Fechner. «Das ist ein ganz Gerissener, das ist einer, der sich auskennt.»

Sie laufen nicht als Zielscheibe auf dem liegenden Stamm, sondern gebückt neben ihm her, und sie sinken bis zum Gürtel ein. Das Gehen wird immer anstrengender, und sie kommen unendlich langsam voran. Aber eiskalte Wut treibt sie vorwärts. Dieser letzte Wolf darf nicht entkommen! Er hat Zeit gewonnen durch diese List.

Dann entdecken sie die Spur wieder, aber der Gejagte verwischt sie offenbar, und der Schnee schließt sie schnell. Die Spur führt auf einem Grat entlang, hinab in das nächste Tal. Steil fällt das Gelände vor ihnen ab.

Die Dämmerung beginnt schon, und ihr würde sehr

schnell die Dunkelheit folgen. Dieser Gedanke treibt die Männer erneut zur Eile an.

«Der Mond», keucht Náco. «Seine matte Helle wird zur Verfolgung der Spur reichen.»

Der Wald wird immer tiefer.

«Was muß der für eine Lunge haben», sagt Náco, «läuft wie eine Maschine, ohne Pause.»

Bärenbach spürt den Schweiß am ganzen Körper. Aufgeben wird er nicht, er ist überzeugt, daß sie jeden Moment auf den Mann stoßen werden. Aber vielleicht ist schon sein Sturmgewehr auf sie gerichtet? Und Schüsse träfen sie alle drei? Er begreift blitzartig ihren Fehler.

«Wir müssen größeren Abstand halten», stößt er zwischen den Zähnen hervor.

Sie laufen weiter, zwanzig Meter zwischen ihnen, und wechseln sich ab beim Austreten der Spur.

Die Berge auf der anderen Seite verschwinden hinter einem dichten Flockenschleier. Sie stapfen über eine Lichtung, einem kleinen Kahlschlag entgegen und dahinter einem Wald.

Bärenbach hört den Schuß und sieht vor sich Náco in den Schnee sinken. Das Mündungsfeuer kam hinter einer Baumwurzel hervor. Während er feuert, gibt er Fechner ein Zeichen. Fechner versteht ihn ohne Worte: nach rechts in den Wald, den Schützen umgehen und ihn von hinten fassen.

Bärenbach feuert über den liegenden Náco hinweg.

«Náco», schreit er, «Náco. Kriech aus dem Feuer!»

Aber Náco schweigt.

Bärenbachs Schüsse werden erwidert.

Bleib am Boden, Náco, denkt Bärenbach, heb nicht den Kopf, nicht den Arm!

Dann wartet Bärenbach, und auch der Gegner wartet, aber er wagt sich nicht hoch. Oder ist er schon zurückgeglitten?

Bärenbach steckt seine Mütze auf einen herumliegenden Zweig und schiebt ihn vorsichtig über die Deckung hinaus. Ein Knall folgt – die Mütze fliegt in den Schnee.

Ein Schuß in die Stirn wäre es gewesen, denkt Bärenbach.

Jetzt wartet er, lauert auf die geringste Bewegung. Wo ist Fechner? Verdammt, wo ist Fechner? Warum bleibt er nicht? Vor mir liegt Náco.

Die Dunkelheit, denkt er, die Stunde der Eule. Unsere Stunde.

Da fallen zwei Schüsse, Bärenbach späht in das Schneetreiben, sieht eine winkende Gestalt, wartet, bis sie näher kommt: Fechner.

Bärenbach erhebt sich, nach zwanzig Schritten erreicht er Náco und wendet ihn auf den Rücken. Die Kugel hat ihn in die Stirn getroffen. Er preßt Nácos Kopf an die Brust. Náco... Náco... Warum gerade Náco? Aber er selbst hätte hier liegen können! Wie ein Blitz durchfährt ihn der Gedanke an Rosel, an die Kinder. Er erhebt sich müde.

Als Fechner neben ihm steht, blicken sie beide schweigend auf den Toten herab und halten die Mützen in den Händen. Fechner trägt über der Schulter die deutsche Waffe.

«Ein Oberscharführer», sagt Fechner leise und hält eine Kartentasche hoch.

«Wir müssen sofort zu Bretislav», sagt Bärenbach. Sie laufen zurück.

12

Bärenbach lag erneut wach und starrte in das Dunkel des Stalles. Sein Herz schlug heftig.

Wo lag er denn?

Wo befand er sich?

Je mehr er darüber nachdachte, um so unsicherer wurde er. Mußte er es nicht von der Karte her kennen, dieses Tal? Es gab Dörfer, in denen eine deutsche Besatzung lag. Wenn er in ein solches Dorf geraten war...

Und doch lag er wach ohne das bewußte Gefühl der Gefahr. Die Gefahr war nah und doch zugleich sehr fern, er schwebte gleichsam über ihr. Aber wenn er wieder in die Träume versank, würde ihn die Gefahr erneut erreichen und ihm im Nacken sitzen. Das Tal? Verrat, dachte er plötzlich wieder. Der Verräter... Er mußte sich unter ihnen befunden haben. Es war nicht anders möglich, die weit voneinander entfernt liegenden Bunker auf einen Schlag anzugreifen, ohne daß man ihre Lage kannte, ihre genaue Lage. Wer aber war entkommen von seinen Männern, und wie nahe war er selbst dem neuen Einsatzgebiet, das festgelegt war für den Notfall?

Die Fragen ermüdeten ihn. Er war noch zu schwach, um ihnen folgen zu können oder um Antworten zu finden. Das Grübeln ermüdete ihn noch mehr. Aber dann richteten sich seine Gedanken nur noch auf ein Ziel: das Tal. Er mußte einfach wissen, wo er sich befand. Jeden anderen Gedanken verdrängte er. Schon immer hatte er ein gutes Gedächtnis gehabt. Und eine Landkarte, die er sich eingeprägt hatte, vergaß er nicht. Die Slowakei, dachte er, und diese Niedere Tatra. Er begann, sich die Karte der Slowakei vorzustellen, aber es gelang ihm nicht, sie so vor sein inneres Auge zu rufen, wie es ihm in der Ausbildung in Ufa gelungen war, als er die Berge und die Täler und Gemeinden beinahe im Schlaf gekannt hatte. Aber diese Schwäche, die das Erinnern zu einer Qual macht.

Ich muß mit dem Hauptkamm beginnen, dachte Bärenbach, daran kann ich mich orientieren, an diesem achtzig Kilometer langen Wall. Auf ihm konnte man laufen, aber es durfte kein Schneesturm toben, kein Eiswind, es durfte kein glasklarer Tag sein, an dem Flieger angreifen konnten, die schnell herabstießen wie Steinadler auf die Beute. Vom Hauptkamm liefen nach Süden und Norden Nebenkämme in Form von Kammgabelungen mit weiteren Gipfeln, die parallele Täler voneinander trennten, es gab kurze und breite Täler, es gab lange und enge, es gab Täler, die sich verzweigten, in mehreren selbständigen Tälern oder in Trogtälern endeten oder die einen Kessel bildeten durch die Steilhänge dreier Berge. Den Talschluß bildeten oft die Berge, von denen die langen Seitenkämme wegführten, die sich weiter verzweigten. Bärenbach kannte den Kamm und auch den mittleren Abschnitt, der in einer Höhe von beinahe achtzehnhundert Metern mit dem Prašivá-Massiv begann. Dann gelangte man auf zwei abgerundete Kahlberge, deren Namen Bärenbach vergessen hatte, worauf der Kamm beinahe bis zu einer Höhe von zweitausend Metern aufstieg. Bärenbach dachte unwillkürlich an den Chabenec. Der Kamm war über kilometerlange Wegstrecken von altem Fichtenwald bedeckt, und nur die verhältnismäßig kahlen Gipfel Končisté und Homôlka reckten sich über das Waldmeer empor.

Jetzt, da Bärenbach den Hauptkamm vor sich sah und mit Abschnitten, die er bereits kannte, erinnerte er sich auch langsam wieder an die Täler. Aber nicht an alle. Lag er in einem vergessenen Tal? Der Krieg vergaß kein Tal, er reichte hinauf bis zu den Gipfeln, er vergaß auch nicht die Sennhütten auf den Bergweiden. Bärenbach spürte, als er an die Hirten dachte, plötzlich den Durst und den Hunger auf geräucherten Schafskäse, Butter und ein Stück Brot. Aber am liebsten wäre ihm ein Stück Fleisch. Wie oft hatte er sie fliegen sehen, das Birkhuhn oder den Auerhahn, hatte einen Hirsch gesehen und Wildschweine, hätte sie treffen können mit seiner MPi, weil sie so nahe gewesen waren. Aber jeder Schuß konnte ihn und die Kampfgefährten verraten. Nur den Speichel durfte man herunterschlucken im Mund und mußte das Wild ziehen lassen, und dabei zerfraß der Hunger beinahe die Därme. Dieser Partisanenkrieg wäre im Frühling oder im Sommer besser gewesen, die Wälder hätten Schutz geboten und verräterische Spuren, die sichtbar wurden im Schnee, hätte es nicht gegeben. Er kannte diese Zeit nicht in den Bergen, nur Hanuš hatte von ihr gesprochen, wenn die Gamskresse wuchs, das weiße Windröschen, die Gemswurz und das goldgelbe Fingerkraut. Hanuš kannte jede Pflanze und die schönsten Flecken in diesen Bergen. Der Kamm zwischen den Gipfeln Dereše und Polana, so sagte er, wäre Ende Juni von Wetterfahnenblumen dicht besät. Wenn der Frieden da wäre, so meinte er, würde er den ganzen Kamm einmal abwandern wollen mit Bärenbach. Den ganzen Kamm! Und schlafen würden sie im Zelt. Schlafen, schlafen, schlafen...

Und wieder der Traum, die Erinnerung...

Die Explosion zerreißt die deutsche Ortskommandantur und macht die Dunkelheit einen Augenblick lang zum Tag. Ein ungeheurer Luftdruck fegt über Bärenbach hinweg, über Hanuš, Wsewolod, Karel und Miroslav, die hinter einem dünnen Bretterzaun hocken. Eisenteile prasseln, Ziegelsteine, Blechteile. Ein schwarzer Nebel hüllt das Gebäude ein, als sich die vier erheben. Gesteinstrümmer liegen bis zur anderen Straßenseite, bis zu ihrem Zaun, dazwischen Möbel, zerfetzte Balken, Tote.

«Weg!» befiehlt Bärenbach, und sie treten durch eine kleine Tür auf die Straße, weil man im Chaos gut entkommen kann. Und sie tragen Zivil, aber haben Pistolen in den Taschen und noch zwei Handgranaten und, verpackt in Säcken, die Maschinenpistolen.

Da erblickt Bärenbach den Arm eines Deutschen, der in ihre Richtung weist.

«Durch die Unterführung», keucht Hanuš, «sie verläuft unter dem Bahnhofsgebäude, und dann kommt der Wald.»

Sie gehen schneller als eilige Spaziergänger.

Aber da hören sie die Trillerpfeife, schrill, bedrohlich schrill. Ihr folgt ein Ruf auf slowakisch, ein Ruf auf deutsch: Halt! Oder es wird geschossen!

Sie laufen, noch ehe die Schüsse fallen.

Vor ihnen liegt der Tunnel, und sein Eingang gähnt wie ein schwarzes drohendes Loch. Eine Kugel reißt Hanuš die Mütze vom Kopf. Er läuft als letzter. Ihre Schritte dröhnen im Tunnel, den zwei Lampen sehr schwach erhellen. Der eisige Atem des Todes ist nah: Sind sie noch im Tunnel, wenn sie die Verfolger erreichen, haben sie keine Chance! Sie sind die besten Zielscheiben, die man sich denken kann!

Sie wickeln die Maschinenpistolen aus. Hanuš zerschießt die Lampen, die den Tunnel erhellen. Nun werden sie nicht gesehen, aber sie laufen selbst im Dunkeln. Die Schüsse dröhnen wie Kanonenböller. Nur nicht stolpern! Nur laufen, laufen...

Einhundertfünfzig Meter!

Einhundertfünfzig Meter Gefahr!

Sie haben die Hälfte der Unterführung geschafft, sie keuchen, und sie mobilisieren ihre letzten Kräfte zu einem Spurt. Sie starren nach vorn, sehen die Unterführung münden in einen hellen Fleck. Der Ausgang!

«Sie sind hinter uns!» ruft Hanuš erschrocken.

Bärenbach wirbelt herum, und er feuert sein ganzes Magazin leer, und während er es gegen ein neues auswechselt, hastet er den anderen nach. Unheimlich ist der Widerhall der Schüsse. Sie laufen weiter mit tauben Ohren. Das Ohr unterscheidet nicht mehr die einzelnen Schüsse. Ein Dröhnen füllt den Tunnel.

Noch acht Meter, noch drei! Querschläger zischen über ihre Köpfe.

Wenn die Deutschen nun auch am Ausgang lauern? Wenn sie hineinlaufen in die tödlichen Geschosse?

Karel hat den Tunnelausgang erreicht.

«Lauft auf der rechten Seite», schreit er, «ich schieße auf der linken!»

Garbe auf Garbe feuert er ab. Der Ausgang!

Sie hasten auf dem Bahnkörper entlang, rennen geduckt über Schienen, kriechen unter Güterwagen hindurch, laufen in ihrem Schutz und um eine Lokomotive herum, erklettern einen Zaun und lassen sich in den Schnee fallen, ehe sie einen Moment verschnaufen. Sie sind unverletzt, alle. Aber Karabinerfeuer schlägt gegen das Holz in ihrem Rücken. Eine Lokomotive pfeift grell.

Sie laufen quer über die Gleisanlagen, weiter, tauchen hindurch unter den Wagen eines Güterzuges, bis sie vor sich den Wald sehen. Der Wald! Dieser Bruder Wald!

Im Dunkeln werden sie ihnen nicht folgen.

Die Dunkelheit und der Wald!

Sie stapfen ein Stück weiter zwischen den Stämmen, und dann klettern sie auf den Bahnkörper und laufen auf den verschneiten Schwellen. Die Gleise liegen unter einer hohen Schneedecke, nur die Signaldrähte längs der Schienen können sie noch sehen. Die Bahnlinie führt mitten durch den Wald. Bärenbach geht an der Spitze, ihm folgen Karel, Hanuš, Miroślav und Wsewolod.

Plötzlich bleibt Bärenbach stehen, scharrt mit dem Fuß den Schnee von den Schienen, bis eine Stelle blank ist. Dann legt er sein Ohr an das kalte Metall. Die Kälte schmerzt im Ohr. Aber er hört keinen Zug. Sie laufen weiter im blassen Licht des Mondes, der wie eine Sichel über den Bäumen steht. Es ist Nacht.

Die Bahnlinie führt nach Norden.

Später sehen sie ein Licht, das aus dem Fenster eines Stellwerkes fällt. Dicht steht es neben dem Bahnkörper. Sie umgehen es, denn das Stellwerk wird bewacht sein.

«Die haben es warm», sagt Hanuš. «Kannst du dir das vorstellen, Boris, so einen rotglühenden Eisenofen, eine Kanne voll dampfendem Kaffee!»

«Wir haben schon fünf Stellwerke in die Luft gejagt», antwortet Bärenbach. «Möchtest du da am Ofen sitzen?»

Unmerklich hat sich der Wind zum Sturm gesteigert. War er in ihrem Rücken, so lief es sich nicht schwer. Doch er wehte mit großer Schnelligkeit den Gleiskörper weiter zu, denn Schneefall hatte eingesetzt.

«Noch zwei Kilometer», sagt Hanuš, «dann müssen wir in den Wald. Aber wir haben ein Stück abgeschnitten. Und lieber auf den Schwellen laufen als im tiefen Schnee.»

Unberührt liegt vor ihnen der Wald, der Sturm schüttelt die Bäume, so daß der Schnee in Klumpen herabfällt. Der Wind heult, wird lauter, verschluckt jedes Wort. Sie kämpfen sich durch Schneeverwehungen hindurch, die ihnen bis zur Brust reichen. Sie schreiten über einen Sattel, stapfen dann südwärts weiter, durch einen Waldgürtel, durch Latschenkiefern, bis sie zu einer Bergwiese gelangen. Abwärts laufen sie zu einem neuen Sattel.

Ihr Posten ruft sie an, und sie nennen das Losungswort. Erschöpft erreichen sie den Bunker. Nach einer Aktion wie dieser dürfen sie kein Feuer machen. Jeder Lichtschein, jeder Rauch könnte sie verraten.

Im Schein einer Kerze reinigen sie ihre Waffen. Schlafen, nur schlafen, denken sie dabei, auch wenn die Kleidung klamm ist. Nur schlafen. Aber wichtiger als alles sind ihre Waffen. Erst wenn sie trocken und blank sind und geölt, legen sie sich auf die Pritschen und decken sich mit ihren Mänteln zu.

Als Bärenbach die Augen schließt, sieht er das Schienenband endlos und weit und den schwarzen Wald.

Und er läuft, und er läuft weiter und weiter. Die Kälte will aus seinem Körper nicht heraus.

Vor dem Bunker heult der Sturm.

Aber die Flöhe, die Läuse machen keine Pause, als ob sie warten auf die ruhenden Männer, und Bärenbach weiß, daß sie in Ufa an alles gedacht haben, auch an die Läuse, auch an den Typhus. Er wird das weiter mit seinen Männern tun, was er in Ufa gelernt hat, sie antreten lassen am Morgen, damit sie die Kleidung ablegen, den Mantel, den Pullover, die Bluse, das Unterhemd, um sich einzureiben mit Schnee. Die Hemden werden sie in das Weiß tauchen, wird er befehlen. In Ufa schlugen sie das Eis auf und badeten im Fluß. Und nur Abhärtung hilft. Jeder muß laufen, und wenn er ihn zwingen muß mit gezogener Pistole: fünfhundert Meter Dauerlauf über verharrschten Schnee, fünfhundert Meter zurück.

Die Hemden werden sie aus dem Schnee ziehen, abschütteln und überstreifen.

Und noch einmal wird das Laufen folgen...

13

Bärenbach erwachte erneut. Aber er war nicht fähig, sich zu regen, er wollte nur liegen, schlafen, und er spürte auch die Wunde nicht mehr. Die Malaria hielt ihn wieder gepackt. Er wollte ankämpfen gegen die Gleichgültigkeit, aber er fühlte sich kraftlos!

Er fuhr sich mit dem Handrücken über die Stirn und bemerkte, daß sie naß war. Auch seine Haare waren verschwitzt, und die Kehle war trocken, als wäre er durch die Wüste gewandert, tagelang, ohne einen Schluck Wasser. Ihm war, als ob er beim Schlukken Schmerzen verspürte. Eine heiße Welle durchströmte ihn.

Das Fieber, dachte er, das verfluchte Fieber! Wenn er schlafen würde, verschwand auch der Durst. Ich muß mich ablenken, dachte er. Ich muß den Faden des Traumes und der Erinnerung wieder dort aufgreifen, wo ich ihn durch das Erwachen verloren habe...

Sie liegen unter einem Berggipfel. Die Luft ist trocken und sehr kalt. Bärenbach ist durchfroren wie alle nach dieser bunkerlosen Nacht.

Da melden die vorderen und dann die seitlichen Wachen: der Gegner! Von allen Seiten rückt er vor gegen den Berg. Der Feind habe Maschinengewehre und Granatwerfer. Der Meldung folgen die Einschläge, folgt das Geprassel aus Granatsplittern, Felsbrocken und Holzstücken. Die Posten entdecken keine Lücke im Ring.

Da erinnert sich Bärenbach der Uniformen des deutschen Majors mit dem Ritterkreuz und des Gefreiten. Die besitzen sie noch, sie wurden aufgehoben für kommende Einsätze. Und jetzt ist es gut, daß die Uniformen da sind.

Er geht zu Bretislav. «Ich zieh sie an», sagt er, «die Uniform, ich rede uns eine Lücke frei, einen Fluchtweg.»

Bretislav schweigt. «Sie merken es», sagt er dann leise, «sie erschießen dich! Auf der Stelle werden sie es tun.»

«Sie erschießen uns alle», entgegnet Bärenbach, «wenn wir warten, mich dann auch. Ich komme zu ihnen als deutscher Major! Ich gehe dort hinab, wo Wehrmachteinheiten liegen sollen. Die Angreifenden kennen sich nicht, sie greifen von verschiedenen Seiten an.»

Bretislav nickt langsam. «Du magst recht haben», sagt er. «Und wer geht mit?»

«Hanuš», antwortet Bärenbach.

«Er kann nicht deutsch!»

«Er wird nur schweigen. Und kann mir Feuerschutz geben, wenn es sein muß. Er bleibt hinter mir.»

«Mor ho.» Bretislav umarmt Bärenbach.

Bärenbach und Hanuš ziehen sich um.

«Du siehst wie ein echter deutscher Major aus», sagt Hanuš.

Sie steigen hinab.

«Und du kannst das verfluchte Deutsch so, daß sie dir glauben werden?» fragt Hanuš flüsternd.

Bärenbach nickt. «Absolut, Hanuš. Sie merken nichts!»

MG-Geschosse schlagen vielleicht fünf, vielleicht zehn Meter neben ihnen in die Stämme, wirbeln Schnee auf und Gestein. Je weiter sie hinabsteigen, um so dichter wird das Feuer.

Der Tod, denkt Bärenbach plötzlich, wenn er mich hier trifft? Ich muß die Angst verdrängen, diese Angst, die nicht oft kommt, aber immer dann, wenn der Tod nahe ist. Ich darf ihr nicht nachgeben, weil sie lähmt. Ich muß sie niederkämpfen wie einen Feind. Immer ist es mir bisher gelungen.

Dann schlägt das Feuer neben ihnen in die Stämme, wandert weiter. Sie springen vor im Schutz der Bäume, werfen sich hin, hasten weiter. Das MG-Feuer wandert den Wald ab, schlägt ihnen entgegen. Der Tod surrt in das Holz, Zweige stürzen herab. «Nicht schießen», schreit Bärenbach.

Das Feuer verstummt.

Sie sehen das MG-Nest und die zwei Granatwerfer, und sie sehen sich im selben Augenblick, die Soldaten der Wehrmacht und die Partisanen. Aber alle tragen sie die gleiche Uniform.

Die Soldaten blicken auf Bärenbachs Rangabzeichen und das Ritterkreuz. Ein Unteroffizier will Meldung machen, sehr zackig, mit viel Haltung.

Bärenbach, der wieder Furcht verspürt, weil er weiß, daß der geringste Fehler den Tod bringt, winkt ab. «Holen Sie Ihren Vorgesetzten.»

«Jawohl, Herr Major!» stammelt der Unteroffizier.

Durch den Schnee stapft ein Leutnant heran, in dessen Augen der Zweifel aufzuckt.

«Was ist das hier für eine Schlamperei?» schreit Bärenbach, denn nichts anderes wird mehr helfen in dieser Situation. «Sie lauern an der falschen Stelle! Die Partisanen sind längst auf dem benachbarten Bergkamm. Sie hören doch ihre Schüsse!»

«Das war ein Befehl», stammelt der Leutnant. «Ich sollte …»

«Eigeninitiative!» knurrt Bärenbach. «Da rotzen Sie einen leeren Wald voll Blei, Mann!»

Der Leutnant steht stramm. «Jawohl, Herr Major!»

«Dann ändern Sie!» knurrt Bärenbach.

«Schwenken! Feuer auf benachbarten Bergkamm!» brüllt der Leutnant. «Dauerfeuer!»

Da sind seine eigenen Leute, denkt Bärenbach, und gewiß ist dort die SS. Die werden sich freuen über seinen Gruß! Schon der erste kostet sie ein paar Mann, denn sie erwarten ihn nicht von dieser Seite. Vom benachbarten Bergkamm wird das Feuer erwidert. Vier Granatwerfergeschosse schlagen in unmittelbarer Nähe ein.

«Ich inspiziere weiter», sagt Bärenbach. «Rotzen Sie den Bergrücken voll, bis denen die Lust vergeht.»

«Jawohl, Herr Major!» antwortet der Leutnant stramm.

Bärenbach stapft seitlich weiter in den Wald. Hanuš folgt ihm.

«Boris, du kannst reden wie ein Deutscher», keucht er, als sie außer Sicht- und Hörweite des Leutnants sind. «Man könnte denken, du bist ein Deutscher! Ich habe am ganzen Körper geschwitzt. Ich hab immer gedacht: Wenn er sich verspricht, dieser Boris, wenn er ein Wort auf russisch sagt oder einen Satz in gebrochenem Deutsch. Wir hätten keine Chance gehabt. Nicht einmal die MPi hätte ich hochreißen können, weil sie uns vorher getroffen hätten. Der eine hat dich so seltsam angesehen, aber nichts gesagt.»

Sie stapfen hastig geradewegs den Berg hinauf, bis sie vor Bretislav stehen.

«In dieser Richtung», keucht Bärenbach, «am MG-Nest vorbei, kommen wir durch. Aber es muß ohne einen Laut geschehen. In einer Feuerpause könnten wir uns sonst verraten.»

Bretislav gibt das Zeichen zum Abmarsch.

Bärenbach blickt Hanuš an. Er sieht das bleiche, wächserne, aber auch nachdenkliche Gesicht des Freundes, und erst jetzt begreift er, wie nahe sie dem Tode gewesen waren. Wie nahe. Ein falsches Wort...

Sie brechen auf, und sie bleiben beim Marsch im Schutz der Wälder. Sie überqueren einen Bach auf einem gestürzten Stamm, kriechen durch eine Schonung und laufen über eine breite Schneefläche mit kleinen Fichtengruppen. Sie sehen, wenn sie hochblicken, einen Gipfel, der ein langgezogenes, durch eine Längsfurche zweigeteiltes Plateau bildet. Sie stapfen in die Spuren des Vordermannes, sie sind müde, aber es gibt keine Rast. Sie hoffen auf Neuschnee, der die Spuren löscht. Sie überqueren in einem kleinen Sattel den Kamm eines Berges und gelangen erneut in Wälder und steigen abwärts in einen kleinen Kessel. Sie sind am Ende ihrer Kräfte. Sie stapfen müde auf einem Pfad quer über einen kegelförmigen Vorgipfel des nächsten Berges. Weiter ziehen sie über einen langen, gleichmäßig abfallenden breiten Rücken und westwärts in ein tiefes Tal.

Sie haben noch jeder zwanzig Schuß. Und ihre Kleidung, ihre Uniformen hängen an den dürren Körpern. Drei Tage ohne Nahrung und drei Nächte!

Und die Nähte ihrer Stiefel platzen. Sie binden die Sohlen behelfsmäßig fest mit dünnem Draht. Die Wolken, die man vom Tal aus sieht, sind schwarz gefleckt und hüllen die Berge ein und die Täler. Erde und Himmel verschwimmen, denn in Haushöhe treiben die Wolken südwestwärts.

Sie haben vier Verwundete. Zwei liegen auf Schlitten mit zerschossenen Knien, zwei auf Tragen. Ein Kopfschuß ist das Schlimmste: Jánošik, der den Vornamen des Rebellenhauptmanns trägt, der hingerichtet wurde in der Stadt, in der der Verwundete geboren wurde, liegt mit eingefallenen Wangen, stöhnt.

Und sie kennen das Dorf nicht, das im Tal liegt. Sie stehen im milchigen Nebel und beraten. Dann entscheidet Bretislav: Bärenbach und Hanuš gehen hinab. Und vielleicht hängen Tücher an den Fenstersimsen, aber auch wenn sie fehlen, muß Hilfe gesucht werden.

Kurz reißt die Nebelwand auf, gibt einen Blick frei in das Tal, hüllt es wieder ein. Sie verlassen sich auf ihr Gehör, und sie hören wie Luchse.

«Wir kennen das Dorf nicht, Boris», sagt Hanuš, «gehen wir zum Pfarrer.»

«Zum Pfarrer?» fragt Bärenbach erstaunt.

«Die Pfarrer helfen», sagt Hanuš, «wenn sie keine Hlinkafunktionäre sind. Die Dorfpfarrer sind für das Volk. Und das Volk ist für uns. So einfach ist das, Boris.»

Bärenbach überlegt: Das Dorf ist nicht groß und das Pfarrhaus nahe. Es steht neben der Kirche. Pfarrer hatten ihnen schon geholfen, hatten die Angehörigen ihrer Toten benachrichtigt, Medikamente beschafft, einen Schuster vermittelt oder die Verbindung hergestellt zu einem Arzt.

Sie erreichen das Pfarrhaus, ohne gesehen zu werden. Sie klopfen nicht an, sie treten in den Flur, aber sie erschrecken, als sich eine Tür öffnet.

«Gott grüß euch», sagt ein Mann. Sein Gesicht ist hager, seine Augen sind groß und dunkel, liegen tief in den Höhlen. Er sieht aus wie ein Holzfäller.

Es könnte einer von uns sein, denkt Bärenbach, wenn man ihn sich vorstellt in einer slowakischen oder einer Uniform der Roten Armee, in einem zerschlissenen Mantel.

«Wir haben Verwundete», sagt Hanuš leise, «zwei davon schwer. Wir können sie nicht mitnehmen. Nicht mehr weiter.»

Der Pfarrer schweigt, und seine Augen scheinen die

Männer zu durchdringen, diesen Rotarmisten und den Mann in dem zerschlissenen slowakischen Uniformmantel. Man kann den Augen nicht ausweichen. Es gibt Augen, denkt Bärenbach, in die man nicht hineinlügen kann, es gibt Augen, zu denen man Vertrauen hat, zu den Augen und dem ganzen Mann, dem sie gehören. Der hier ist ein solcher Mann.

«Wollen Sie eine Brühe?» fragt der Pfarrer endlich und weist auf eine Tür. Der Raum ist karg eingerichtet; eine schwere Bank aus grobem Holz, ein Tisch und an der Wand ein großes Kreuz.

«Ja», sagt Hanuš.

Der Pfarrer verläßt sie. In einem anderen Raum hören sie Gemurmel.

Und wenn er doch ein Hlinkamann ist? denkt Bärenbach. Er kann jemanden nach den Deutschen schicken, während er uns hier aufhält. So etwas ist schon geschehen. Und wir sahen keine Tücher …

Der Pfarrer sitzt wieder bei ihnen, er blickt auf seine Hände, die gefaltet auf der Tischplatte ruhen, als er spricht. «Im Nachbardorf haben die Deutschen sechs Männer erschossen», sagt er, «es liegt eine halbe Stunde von hier. Nur, daß Sie das wissen. Sie haben den Partisanen geholfen, haben Brot gegeben. Jeder nur ein Brot!»

«Wir wollen Sie nicht zwingen», erwidert Bärenbach leise.

«Unser aller Leben liegt in Gottes Hand», sagt der Pfarrer. «Sie sind Russen?» fragt er dann, als er hochblickt zu Bärenbach.

«Ja», sagt Bärenbach.

Der Pfarrer schweigt, aber er blickt Bärenbach aufmerksam an. «Sie brauchen nichts zu sagen», fährt er fort und blickt zu Hanuš und wieder auf seine Hände. «Ich verstehe …»

«Ein Kopfschuß», sagt Hanuš, «ein zerschossenes Knie, ein geschientes Bein. Der Kopfschuß ist das Schlimmste! Jedes Rütteln schmerzt barbarisch. Und wir haben nichts gegen den Schmerz.»

Der Pfarrer nickt.

Bärenbach blickt auf das Kreuz, das an der weißen Wand hängt, ein riesiges Kreuz aus Ebenholz.

«Bringt sie», sagt der Pfarrer plötzlich und blickt wieder hoch. «Sie können bei mir gesunden. In meinem Haus.»

«Und der Arzt», fragt Hanuš. «Ein Chirurg?» Die Bibel, denkt er, wird ihnen nicht helfen.

Der Pfarrer erhebt sich. Er überragt Bärenbach und Hanuš um einen halben Kopf.

«Ich hole ihn», sagt er. «Ich hole ihn aus der Stadt.»

«Wann», sagt Hanuš, «können wir sie bringen?»

«Wenn es dunkel ist», sagt der Pfarrer. «Ich stelle ein Talglicht hinter das Fenster. Ihr könnt von hinten heran an das Haus. Geht über den Friedhof. Je weniger Menschen im Dorf wir durch solches Wissen belasten, um so besser ist es.»

Wie wenig kenne ich die Pfarrer dieses Landes, denkt Bärenbach. Dieser Mann weiß, daß sie ihn erschießen, wenn sie auch nur einen Verwundeten bei ihm finden, und er hilft doch. Aber Tiso, dieser verhaßte Präsident, ist auch ein Pfarrer! Wer soll sich auskennen bei diesen Gottesmännern!

Eine Frau betritt den Raum, grüßt leise und stellt zwei große Tassen mit Brühe auf den Tisch und ein Weißbrot.

«Eßt», sagt der Pfarrer.

Sie brechen sich jeder ein Stück ab, ein kleines Stück.

«Nehmt mehr!»

«Den Rest», erwidert Bärenbach, «würden wir gerne mitnehmen.»

«Sie macht euch einen Korb voll fertig.»

Der Händedruck des Pfarrers ist kräftig. Es ist der Händedruck eines Holzfällers, denkt Bärenbach.

«Kommt!» Der Pfarrer steht vor ihnen.

Was will er? denkt Bärenbach.

Sie folgen ihm in die Kirche aus Eibenholz, deren Dach mit Schindeln gedeckt ist. Sie sehen an den Innenwänden großflächige Gemälde, die Szenen aus dem Alten und dem Neuen Testament darstellen, nur die Figuren und das

Milieu scheinen dem Dorfalltag des Malers entnommen zu sein. Die Farben sind verwittert.

Der Baumeister hat kein Eisen gehabt, denkt Bärenbach. Um eisenbeschlagene Türen vorzutäuschen, hat der Künstler die Beschläge nur aufgemalt.

Das Taufbecken ist aus Holz.

Sie stehen einen Augenblick lang schweigend vor dem Kreuz und blicken zum hölzernen Haupt mit der Dornenkrone.

«Möge Gott uns schützen», sagt der Pfarrer, als er sich umwendet. «Uns alle.»

Bärenbach und Hanuš laufen über den Friedhof, vorbei an einem frischen Grab.

Hinter dem Friedhof beginnt der Wald.

14

Regen, Regen, Regen, der dem Schnee folgt, Regen...

Regen und Kälte. Die Erde ist ein gewaltiger Schwamm, das Wasser quillt aus ihr hervor, wenn ein Stiefel sie berührt. In Bächen stürzt das Wasser zu Tal.

Bärenbach geht an der Spitze, ihm folgen Fechner und Hanuš. Der Anruf, auf den sie warten, erfolgt auf slowakisch: Halt! Die Parole!

Und Bärenbach weiß, daß es Partisanen sein müssen, die sie suchen, denn ihre Funkgeräte schweigen, und nur über sie können sie mit dem Hauptstab in Kontakt bleiben. Aber das erste Treffen kann eine gewaltige Gefahr sein, in den Bergen spricht die Waffe schnell. Fechner erstarrt mitten im Schritt, auch Hanuš.

Verflucht, denkt Bärenbach, wenn es Hlinkaleute sind, stehen wir wie Zielscheiben. Aber sie werden uns lebend wollen – das ist unsere Chance.

«In die Büsche», sagt jemand leise zu Hanuš und zu Fechner.

«Legt die Waffen vor euch in den Schnee!» befiehlt der Unsichtbare.

Aus dem Wald tritt ein Mann in einer slowakischen Uniform, der sie nicht aus den Augen läßt und den Finger am Abzug der Maschinenpistole hält. Ein zweiter, ein Zivilist, der von hinten an sie herantritt, sammelt ihre Waffen ein. Es kann ein Fehler sein, denkt Bärenbach, aber ich habe noch die Pistole und zwei Handgranaten in den Taschen.

Aber der Zivilist klopft sie ab. Ihm entgeht nichts, denkt Bärenbach. Hat dieser Bursche geübte Hände. Verflucht!

«Kommt!» sagt der Uniformierte.

Sie gehen auf einem Waldpfad weiter.

Der Pfad krümmt sich, führt immer höher, höher, und plötzlich sehen sie ein Feuer unter Felsen, ein zweites, sehen slowakische Uniformen, auch Zivil.

Zwei Männer treten auf sie zu, der eine ist mittelgroß und sehr schlank, ein Oberleutnant der slowakischen Armee, der andere ein Hüne von Mann in einer Uniform der Roten Armee, nur ohne Rangabzeichen.

«Unser Kommandeur», sagt ihr uniformierter Begleiter mit einem Blick auf den Schlanken. «Der andere ist der Chef unserer Funker.»

Die Lippen des Oberleutnants bleiben schmal, und seine grauen Augen mustern Bärenbach und Fechner mißtrauisch, als Bärenbach ihren Auftrag nennt.

«Wir lassen Ihre Identität feststellen», sagt er, «über Funk. Nennen Sie Ihre Decknamen und warten Sie am Feuer bei Hela, unserer Kommissarin.»

Dann geht der Hüne in den Wald hinein.

Bärenbach und Fechner sitzen am Feuer, und sie hören ein Stöhnen, das mal laut wird und mal leise.

«Ein Verwundeter», sagt Hela, die Kommissarin, eine Slowakin mit dunklem, kurzem Haar. «Wir schleppen ihn auf der Trage mit.»

«Laßt mich sterben!» bettelt die Stimme. «Gebt mir eine Waffe! Oder erschießt mich!»

«Er hat große Schmerzen», sagt Hela. «Und wir haben keine Medikamente im Augenblick. Ein Schenkelschuß. Das Bein ist im Gipsverband. Es ist schlimm. In den Dörfern unter uns gibt es keine Medikamente, und wenn einer in der Stadt aufkreuzt mit einem Rezept, auf dem mehrere Medikamente stehen, verhaften sie ihn sofort. Und wen sie haben, quetschen sie aus, gnadenlos.»

«Erschießt mich», bettelt die Stimme wieder. «Tóno, erschieß mich. Tóno, du bist mein Freund. Du...»

Der Kommandeur tritt ans Feuer, und er wendet sich allen zu, die an dem Feuer lagern. «Dem Hauptstab sind Sie bekannt», sagt er laut.

Der Wald rauscht, und die Zweige der alten Buchen knacken. Die Männer nicken, aber erst jetzt tauen sie auf. Ein paar können ein paar Brocken Russisch, aber auf tschechisch klappt die Verständigung gut. Zwei Russen, denken die Männer, die tschechisch sprechen und slowakisch: Bärenbach und Fechner.

Herrgott, denkt Bärenbach, und wir sind Deutsche, und die Waffe sitzt locker in dieser Zeit.

Bärenbach erhebt sich, lehnt an einer Buche, er sucht das Alleinsein, weil die Erinnerung ihn überkommt. Bärenbach spürt Fechners Hand auf seiner Schulter. Dann sitzen sie allein an einem Feuer.

Hela setzt sich zu ihnen. «Russisch spreche ich sehr gut», sagt sie langsam, als ob sie nachdenken muß über jedes Wort. «Seit meiner Kindheit.» Sie zögert, ehe sie fortfährt. «Ihr sprecht ein sonderbar hartes Russisch. Und der Akzent liegt manchmal nicht dort, wo er hingehört.» Sie schweigt. «Ihr zwei seid keine Russen», sagt sie dann.

Bärenbach schrickt zusammen. Er schweigt ein paar Atemzüge lang, ehe er spricht. «Nein», sagt er schließlich, «wir sind keine Russen.»

«Und was seid ihr?»

«Rate!»

«Georgier?»

«Nein!»

«Armenier?»

Bärenbach schüttelt den Kopf.

«Deutsche», sagt er unvermittelt, aber sehr leise.

Nun ist es Hela, die erschrocken schweigt. Ihre Augen werden hart.

Sie ist Kommissarin, denkt Bärenbach, sie muß es verkraften. Und Fechner und ich, wir sind nicht die einzigen Deutschen in diesen Bergen, die mit ihnen kämpfen und nicht gegen sie. Aber sie weicht meinen Augen aus, als ob sie fürchtet, daß ich ihre Gedanken lese.

«Politische Emigranten?» fragt Hela leise, und Bärenbach nickt.

Sie sitzen als letzte am Feuer, und es fällt kein Wort. Sie ist verlegen, denkt Bärenbach, sie will uns nicht weh tun, aber der Haß sitzt zu tief. Er trifft auch uns, selbst in dem Land, dessen Flugzeug uns absetzte über diesen Bergen und dessen Uniform wir tragen. Hela wirft einen Ast ins Feuer, sie versucht, sich so zu geben wie immer.

Nur das Rauschen des Waldes ist um sie, das stärker wird in der Nacht, weil der Wind von Norden kommt, ein eisiger Wind, ein starker Wind, der auch Äste herabschlägt.

«Wir gehen schlafen», brummt Bärenbach.

Noch immer sieht er Hela unbeweglich sitzen und in die glimmenden Scheite starren. Sie preßt die Hände gegen die Ohren, als sie sich unbeobachtet glaubt. Und der Sturm wühlt in ihrem Haar. Deutsche, wird sie denken, wüten in den Tälern, und ein Deutscher sitzt an meinem Feuer, ißt von meinem Brot. Wie soll sie schlafen in dieser Nacht...

Es kommt kein guter Morgen. Der Feind hat sie eingeschlossen. Die Granaten zischen in den Wald. Steigen sie höher den Berg hinauf, folgen ihnen die Einschläge. Die Granaten schlagen dichter ein, immer dichter. Wie in einem Strohsack hocken wir, denkt Bärenbach, durch den man Speere sticht. Wir kauern wie angefroren hinter den Baumstämmen und warten. Aber worauf? Sie wissen, daß sie uns nur durch Zufall treffen und nie alle. Also müssen sie uns folgen. Und sie werden kommen!

Neben ihm hockt Ljonka, der Slowake.

«Ausrotten», zischt er haßerfüllt, «ausrotten sollte man alle Deutschen, weil sie Tiere sind und keine Menschen. Ich rieche einen Deutschen förmlich auf fünfzig Schritte.»

«Da hast du eine gute Nase», sagt Bärenbach.

Erdmassen überschütten sie beide, Äste und Steine.

Aber sie erwidern das Feuer nicht, sie warten, und die Verwundeten stopfen sich die Faust in den Mund oder einen Lappen. Wie versteinert steht der Wald.

«Sie kommen!» zischt Ljonka. Und die Männer warten. Ihr Haß macht die Lippen schmal.

Männer in Schneehemden und Kapuzen steigen den steilen Hang empor, höher und höher und näher an die Lauernden heran.

Das Keuchen der aufwärts Steigenden sind die einzigen Laute. Und die Partisanen neben Bärenbach verharren mit dem Finger am Abzug.

Da gibt der Kommandeur das Zeichen. Die Hölle bricht los, ein Inferno aus Handgranaten und MPi-Salven. Keiner, der den Hang hinaufsteigt, nicht einer von denen entkommt. Und sie sehen den Feind nicht, es ist, als ob der Wald gegen sie kämpft, der Wald und die Berge.

«Hebt die Arme», brüllt Bärenbach hinab. Aber seine Landsleute schießen weiter, sterben einen sinnlosen Tod, folgen seiner Stimme nicht.

Ljonka und Bärenbach stehen nebeneinander, bücken sich nach den Handgranaten, springen auf, holen aus, werfen. Wieder und wieder. Und Ljonka läßt ihn heran, diesen Boris an seinen geheimen Vorrat, nur ihn, denn Schulter an Schulter mit einem Fallschirmspringer hat er noch nicht gekämpft.

Abends sitzen sie beieinander, alle Strapazen sind vergessen, alle Trauer. Und der Wind singt das Lied des Sieges. Ein Sieg ohne einen einzigen Mann Verlust!

Ljonka schlägt sich auf die Schenkel. «Hab ich mir einen Bruder ausgesucht», sagt er, «oder nicht?» Und er weist auf Bärenbach. «Bruder Fallschirm! Und kann sogar Deutsch. Beschimpft sie, diese Hunde!»

Aber der neue Bruder, den sie Boris rufen, sitzt schweigend da, die Maschinenpistole zwischen den Knien, und blickt vor sich hin. Er lächelt gequält.

Was wissen die Männer, an wen er denkt. Jeder hat ein

Mädchen zu Hause, eine Frau. Und wer so weit weg ist von seinem Land, den kann die Sehnsucht packen wie ein Fieber. Sie schlagen ihm auf die Schulter, sagen auf russisch «Towarisch».

«Für jeden Deutschen», sagt Ljonka und seine Stimme zittert vor Haß, «gibt es nur eines – ausrotten. Mit Stumpf und Stiel. Sie haben meinen Vater, meinen Bruder...»

Bärenbach schweigt. Haß kann wie eine Dynamitladung sein.

15

Die Erde dampft.

Die Täler liegen versteckt im Nebel, wenn man von den Kämmen und Bergen herabblickt, verhüllt er jedes Haus.

Bärenbach spürt die Schwäche plötzlich, und er ahnt, daß sie dem Wetter folgt, als habe sie auf die Gelegenheit gewartet, um ihn zu fällen, diesen Baum, der Bärenbach heißt. Sie fällt ihn gründlich.

Bärenbach sieht alles verschwommen, als würde er erblinden, er ist nicht mehr fähig zu laufen und verspürt den rasenden Durst. Und er weiß, daß es die Malaria ist, erneut kommt ein Anfall. Sie haben sie nicht herausspritzen können in Ufa, auch nicht mit einhundertsiebzig Einstichen, von denen der Körper hart wurde, als wäre er aus Holz. Sie kommt immer wieder, die Malaria behält man, für immer, und man kann sich einen Anfall nicht aussuchen. Tag und Ort bestimmt die Malaria allein.

Bärenbach torkelt zum Bunker, aber noch bevor er ihn erreicht, hört er Schüsse im Tal: Der Feind ist ihnen auf den Fersen, sie müssen den Bunker wechseln, das Operationsgebiet, müssen in die Berge, höher hinauf, und fliehen über einen dicht bewaldeten Bergrücken.

Aber Bärenbach kann es nicht schaffen, er weiß es, denn im Wald fehlen die Wege. Und der tiefe Schnee behindert die Flucht. Er sagt es Bretislav.

«Laßt mich hier, vermint die Gegend um den Bunker,

so, daß keiner heran kann, bringt nur die Zeichen an für andere Partisanen. Holt mich, wenn der Anfall vorbei ist, in zwei oder drei Tagen, erst dann.»

Hanuš steht neben dem liegenden Bärenbach, auch Wsewolod.

«Boris, wir bleiben bei dir.»

Bretislav nickt. Er kennt die Malaria aus Ufa. «Ihr bleibt bei ihm!»

Aber Bärenbach schüttelt den Kopf. «Finden sie den Bunker», sagt er, «dann finden sie drei. Finden sie mich allein, töte ich ein paar, ein paar töten die Minen. Ihr aber verliert nur einen Mann. Nur mich!»

Hanuš will bleiben, auch Wsewolod. Doch Wsewolod wird gebraucht beim Sprengen, er ist der Beste, wenn man eine Ladung legt, und Hanuš ist ein Führer in den Bergen, er kennt jeden Stein.

Bretislav legt die Hand auf Bärenbachs Schulter. «Gut, Boris, wir holen dich in zwei Tagen, wenn die Luft rein ist.»

Aber man sieht, daß er nicht froh ist.

Die Schüsse kommen näher.

Bärenbach liegt im Bunker, neben sich die Pistole, die MPi. Insgesamt besitzt er einundachtzig Schuß und zwei Handgranaten.

Matt lächelt er Hanuš an. «Damit», sagt er und weist auf die Waffe, «töte ich eine halbe Kompanie, und wenn die Handgranaten treffen, töte ich noch mehr.»

Hanuš schweigt, seine Augen blicken dunkel und ernst. Er stellt Kochgeschirre mit geschmolzenem Schnee neben Bärenbach.

«Gegen den Durst», sagt er leise.

Das wird reichen, denkt Bärenbach.

Hanuš drückt ihm die Hand, fester als sonst. Bärenbach erwidert den Druck nur schwach.

Dann liegt er allein und hört Wsewolods Stimme, der die Gegend um den Bunker vermint. Werde ich ohnmächtig, denkt er, wie damals in Ufa beim Baden im Fluß, als die Malaria begann, so weckt mich die Explosion. Und durch die Sichtlöcher werde ich schießen, wenn sie nahe genug heran sind. Aber die Minen dürfen nicht den Bunker sprengen. Dann sterbe ich ohne Schuß, sterbe allein. Aber ich will so viele mitnehmen, wie ich kann.

Die Schüsse kommen näher, dann rattert ein MG.

Bedrohlich nah...

Sie sind alle weg, denkt Bärenbach, sie marschieren über den Kamm hinab in das nächste Tal, wieder hinauf auf den nächsten Kamm. Und weiter. Und höher.

Die Schwäche packt ihn unvermittelt. Im matten Dämmerlicht des Bunkers liegt er und wartet. Er liegt, und die Schwäche macht ihn willenlos. Er schließt die Augen. Nur die Stille des Bunkers ist um ihn, eine endlose Stille.

Und der Tod ist sehr fern und sehr weit und doch so nah.

Vor dem Tod aber kommt die Erinnerung...

16

Er erwachte erneut auf seinem Heulager über dem Stall, aber nur zwei Atemzüge lang. Doch das Erwachen genügte, um den Traum zu verändern. Immer, wenn er dem Tod sehr nahe war, dachte er an seine Frau.

Die Dorfhochzeit: Er sitzt im Garten des Gasthauses, sieht den Tanzenden zu, erblickt ein Mädchen, das nicht tanzt und kann sich nicht lösen von ihrem Gesicht: dieses Mädchen mit den ernsten großen Augen. Noch an diesem Abend erfährt er, daß sie Rosel heißt.

Die Heirat und das erste Kind, das zweite, beides Mädchen, und endlich – der Junge, nach Bärenbach genannt.

Aber es ist nicht die Zeit der Ruhe. Die Männer Henleins marschieren in den Städten, in den Dörfern, ihr Haß trifft jeden, der sie ablehnt. Bärenbach lehnt sie ab. Sie kennen ihn alle, sie sparen sich ihren Haß auf für den Siegestag, der ihnen die Macht bringt und den ihnen Henlein verspricht. Sie wissen, daß er kommt, dieser Tag.

Es geht wahnsinnig schnell in der Erinnerung, und manche Bilder verfliegen, ehe er sie halten kann.

Sie liegen vor dem Dorf, in den Büschen am Straßengraben, und sie warten auf die Anhänger Henleins, dessen Partei immer stärker wird, übermächtig. Sie sind in der Masse schon zu stark. Und die Mehrheit der Sudetendeutschen folgt ihnen blindlings. Man kann die Henlein-Männer nur einzeln fassen, im Faustkampf Mann gegen Mann. Sie haben sich aufgeteilt, und sie warten vor vier Dörfern in kleinen Gruppen! Neben Bärenbach in den Büschen lauern noch acht Kameraden. Und die da kommen sind zwölf. Das Mondlicht hellt die Straße auf. Als die Henlein-Männer heran sind, springen Bärenbach und seine Kameraden auf. Schreie, Fäuste, der Kampf Mann gegen Mann. Bärenbach schlägt schnell zu und sehr hart, beinahe wie ein Boxer. Und der Haß macht die Fäuste noch härter. Haben sie doch Lettrich und Synek halbtot geschlagen, diese verfluchten Hunde, zwölf gegen zwei. Und die Gendarmerie schwieg, schweigt immer, verhaftet nur die Kommunisten. Die Henlein-Männer stürzen zu Boden, drei fliehen in die Nacht, dem nahen Wald entgegen, der sie schützt.

Aber es ist nur ein kleiner Sieg. Da ist die Veranstaltung der Henlein-Faschisten in Karlsbad, im Schützenhaus. Bärenbach ist im Saal mit den anderen. Sie prügeln die Nazis hinaus mit Zaunlatten, mit Stühlen. Nur die Gendarmen bieten den Anhängern Henleins Schutz, nur die. Das gleiche Bild in Neudeck, als Henlein selbst spricht.

Bärenbach steht mit seinen Männern vor dem Gericht: eine Anzeige. Aber die Beweise fehlen für die Schlachten vor vier Dörfern. Das Gericht spricht sie frei. Aber das sogenannte «Sudetenland», es wird deutsch. Bärenbachs Steckbrief hängt an allen Ecken. Bärenbach flieht nach Prag. Zehntausend Mark ist er wert, sein Kopf, zehntausend Mark! Von den Wänden, von den Bäumen schreit die Belohnung. Und die Gestapo holt Rosel: Bring ihn zurück, deinen Mann. Hol ihn her! Die Drohung mit dem KZ folgt, trotz der drei Kinder. Und Rosel fährt nach Prag. Aber ein Arzt findet sich, der bescheinigt, daß Bärenbach nicht kommen könne wegen einer ansteckenden Krankheit.

Da ist dieser fünfzehnte März im Jahre neununddreißig.

Bärenbach blickt auf die einrückende deutsche Wehrmacht, ihren endlosen Zug. Die Hakenkreuzfahne weht auf der Prager Burg, dieses verhaßte Kreuz.

Wie oft hatte er vor dem Abgrund gestanden in seinem Leben? Wie oft...

Damals vor dem Bahnhof in Prag, da blickt er wieder in ihn hinab, in diesen Abgrund, da steht er an seinem Rand. Nur ein Schritt, ein einziger Schritt, trennt ihn von dem Sturz. Er steht am Bahnhof, und er wartet auf Rosel, er wartet jeden Tag, er wartet auf den Zug aus dem «Reich», in dem seine Frau nun plötzlich lebt, weil die Republik zerteilt wird wie ein Kuchen.

Er ahnt, daß sie kommen wird, weil sie weiß, daß er nicht schreiben darf, daß die Faschisten ihn suchen und daß er vor einer weiten Reise steht. Aber wann kommt sie, an welchem Tag? Bärenbach wartet, er blickt hinein in die Gesichter des Menschenstromes, der sich aus dem Bahnhof ergießt. Er steht einen Tag, einen zweiten, er steht einen dritten Tag. Und immer gefährlicher wird es für ihn. Die Gestapo jagt ihn, die brutalste politische Polizei.

Er geht zurück. Er wird sie nicht mehr sehen können, bevor er sein Land verläßt, um sich durch Polen durchzuschlagen bis zur Grenze der Sowjetunion, um in das Land zu gelangen, das er schon kennt und das ihn aufnehmen soll.

Meine letzte Nacht in Prag, denkt Bärenbach, als er zurückgeht. Meine letzte Nacht...

Die Gassen von Prag... die Dunkelheit ist gekommen mit den Lichtern. Er blickt sich um, wartet in Hauseingängen, ob ihm jemand folgt. Seine Nerven sind bis zur äußersten Zerreißgrenze gespannt. Aber er besitzt gute Nerven, eiserne Nerven. Sie werden ihn noch retten, hundertmal. Da ist das Haus des Freundes, der gefährdet ist, solange er bei ihm wohnt, dem das KZ droht und der Tod für diesen Schlafgast Bärenbach, dessen Kopf zehntausend Reichsmark wert ist. Eine gewaltige Summe, für die mancher schwach würde. Zehntausend Mark...

Ehe er in den dunklen Hausflur tritt, wartet er vier Häuser weiter unter einem Torbogen. Ein Mann geht an ihm vorbei in einem Lodenmantel.

«Feuer?» fragt der Mann.

Bärenbach nickt. Die Flamme zuckt auf, und Bärenbach blickt in das Gesicht des Mannes, das ein Dutzendgesicht ist mit braunen oder blauen Augen. Man sieht es nicht im Lichtschein der Laterne. Aber die Augen mustern Bärenbach forschend.

Bärenbach hört Schritte, die die Straße heraufkommen. Zwei Männer müssen es sein. Er könnte nach hinten ausweichen, über die Höfe, wenn sie ihm hier eine Falle gestellt haben. Seine Hand gleitet in die Tasche zur entsicherten Pistole. Lebend bekommen sie einen Bärenbach nie, und nicht ohne Opfer.

«Danke», sagt der Mann, tippt mit der Hand an den Hut und geht weiter mit schnellen Schritten.

Bärenbach steht noch immer unter dem Torbogen. Nun ist die Straße leer, aber wie viele schon wurden getäuscht von der Stille! Er geht auf dem Bürgersteig weiter und über die Straße und betritt das Haus, in dem er vorübergehend wohnt. Vor der Wohnungstür verharrt er, lauscht, aber er hört nur die Stimme des Freundes. Er schließt auf.

«Nein», sagt er zu Blako, der auf den Flur tritt. «Sie ist nicht gekommen. Die Gefahr ist zu groß. Und morgen muß ich mit Plachta los. Endgültig.»

«Wir werden ihr eine Nachricht geben», sagt Blako.

Und sie besprechen alles, was noch zu sagen ist vor einer langen Reise.

Ein leises Klopfen läßt sie zusammenschrecken. Bärenbach greift zur Pistole, und ehe Blako zur Tür geht, schleicht er über den Flur in die Küche. Vom Fenster aus, wenn er sich an der Dachrinne festhält, kann er auf den Hof gelangen und über eine Mauer fliehen. So ist es vereinbart.

Blako läßt sich Zeit mit dem Öffnen, unendlich langsam schlurft er über den Flur.

Das Klopfen wiederholt sich, nur länger – es ist ein ängstliches Klopfen.

Faschisten klopfen anders, denkt Bärenbach, fordernd laut. Oder ist es eine List?

Blako öffnet die Tür einen Spalt, sieht die Frau mit dem Kind, begreift alles und sofort, obwohl er sie nicht kennt. Was er nicht wissen konnte, der Bärenbach: Rosel verbarg sich auf dem Bahnhof mit dem Jungen, verließ ihn nicht mit dem Strom, fürchtete Spitzel, Gestapoleute. Erst später, als kein Späher mehr wachte, verließ sie ihn. Mitgebracht hat sie den Jungen, damit Bärenbach ihn noch sehen kann, den Jungen, der erst auf die Welt kam, als sein Vater schon gejagt wurde.

Blako weiß, daß sie nicht Tschechisch kann.

«Kommen Sie rein», sagt er auf deutsch, und über die Schulter ruft er: «Sie ist da!»

Bärenbach erstarrt, ehe er auf den Flur stürzt. «Rosel!»

Ein Abgrund aus Freude: ein Sturz in zwei Arme, zwei Körper, die sich aneinander pressen, während Blako das Kind hält…

Traumbild folgt auf Traumbild. Es ist Nacht und die Scheune, in der er auf der Flucht durch Polen Schutz gesucht hat, umstellt die Polizei. Wie durch ein Wunder entrinnt er, weil er sich eingräbt in ein Loch, er entkommt, ohne Papiere, ohne Waffen, ohne Geld. Weiter und weiter …

Und endlich die ersehnte Grenze, der Posten der Roten Armee, ein Kirgise. Aber Bärenbach blickt in mißtrauische Augen. Vier Tage Warten folgt in einer Zelle, bis Moskau antwortet: Dieser Mann kann weiter. Vier Tage, vier Nächte! Und Rosel und die Kinder bleiben zurück, bedroht, überwacht. Was wird mit ihnen geschehen? Und Rosels Mutter ist schwerkrank.

Er reist durch das Riesenland, weiter und weiter.

Das Traktorenwerk in Tscheljabinsk: die riesige Halle mit Karotkin, dem Meister. Bärenbach lernt schnell Russisch, sehr schnell. Er arbeitet hart, und die Freizeit, karg genug, gehört der Verteidigungsorganisation OSOAVIACHIM. Der erste Sprung mit dem Fallschirm glückt auf

Anhieb. Neben ihm auf der Bank sitzt ein Mann, der Fechner heißt.

Und Bärenbach ist der beste Schütze, schießt genauer als die altgedienten Ausbilder der Roten Armee, mit jeder Waffe trifft er sein Ziel. Und im Nahkampf ist ihm keiner gewachsen.

Aber wann kann er zu Rosel, wann kann er illegal zurück?

Da beginnt der Krieg, und in der riesigen Halle arbeiten sie für die Einberufenen mit, arbeiten rund um die Uhr. Panzer auf Panzer verläßt das Werk, auch wenn die Schweißnähte noch warm sind.

Das Ausbildungslager in Ufa, das Wasserschloß. Die Härte der Ausbildung drängt ihn bis an die Grenze seiner Kräfte. Er ist ein Fallschirmspringer, als er das Lager verläßt.

Und nun liegt er hier im Bunker, allein mit dem Malariaanfall, allein mit dem Fieber.

Zwei Tage und zwei Nächte liegt er und noch einen halben Tag. Ist es Tag, ist es Nacht? Aber es muß die Frühe sein, die neblige Frühe. Er fühlt sich noch immer schwach, aber er greift zur Maschinenpistole. Wenn er sie festhalten kann, dann ist alles gut. Sterben will er nur im Kampf, nicht anders, er will schießen, bis der eigene Atem aussetzt.

Er trinkt und trinkt, aber der Durst will nicht weichen. Dann kaut er etwas Brot.

Haben es die Kampfgefährten geschafft?

Geräusche lassen ihn zusammenschrecken. Er erhebt sich schnell, und er spürt, daß die Kraft zurückkehrt in seine Glieder.

Nun sollen sie kommen! Er ist ein gleichwertiger Gegner! Und in diesen Wäldern hört er wie ein Luchs, besser als alle anderen.

Die Schritte im Schnee!

Er steht am Ausguck. Ganz dicht sollen sie herankommen, ganz dicht. Erst lösen sie die Minen aus, und hinein in das Chaos wird Bärenbach feuern: einundsiebzig Schuß mit der MPi, acht Schuß mit der Pistole, ehe er ihren Lauf in den Mund nimmt. Jeder andere Gedanke ist erloschen in Bärenbach. Ein Eichhörnchen huscht einen Ast hinauf.

Wenn sie nur nicht von hinten kommen! Dort ist kein Ausguck. Aber auch dann werden sie am Bunker vorbeigehen. Die Minen warten, die feinen Drähte, die nur der vermeiden kann, der die Zeichen kennt.

Keiner sieht den dünnen Draht im Schnee.

Die Schritte sind ganz nah.

Und sie kommen von vorn! Besser können sie nicht kommen! Bärenbach krümmt den Finger am Abzug der Maschinenpistole. Hoffentlich treten sie alle auf die Lichtung, noch ehe die ersten die Drähte streifen, die die Minen auslösen! Bärenbach atmet tief, die kalte Ruhe überkommt ihn, die er immer spürt vor einem Kampf.

Aus dem verschneiten Tannenwald tritt die erste Gestalt. Wsewolod!

DRITTER TEIL

DAS TAL

1

Bärenbach erwachte. Einen Augenblick lang wußte er nicht, wo er lag. Aber es war nicht mehr der Traum, das Erinnern. Er war Wirklichkeit: der Stall. Und er war endgültig erwacht, er spürte es, er würde nicht mehr zurückfallen in den Traum.

Als die Stalltür knarrte, griff er zur Pistole und schob mit der linken Hand vorsichtig das Heu beiseite.

Aber es war die Frau, die er bei seiner Ankunft in diesem Dorf in ihrer Küche gesehen hatte. Er hörte ihre Schritte auf der schmalen Stiege.

«Guten Morgen», sagte die Frau, als ob sie Bärenbach schon lange kennen würde. «Ich bringe Milch.»

Bärenbach trank die Milch. Milch! Herrliche warme Milch! Daß es noch solche Milch gab!

«Dobry», sagte er, «ich spreche Ihre Sprache.»

Die Frau nickte, und sie schien nicht überrascht zu sein.

«Ihr Fieber ist weg», sagte sie.

«Habe ich phantasiert?» fragte Bärenbach schnell.

«Sie haben mich Rosel genannt.»

«Das ist der Name meiner Frau», sagte Bärenbach. «Wo bin ich hier?» fragte er weiter.

«Im Tal der Hornissen.»

Bärenbach runzelte die Stirn. Im Tal der Hornissen? Er kannte viele Täler, aber ein solches Tal?

«Die Menschen hier nennen es so», sagte die Frau erklärend, «weil Hornissen einmal einen Bauern angefallen haben und sein Pferd.»

Sie lächelte, als wollte sie ihre eigenen Worte abschwächen.

«Es liegt lange zurück. Ich selbst habe im letzten Sommer nicht eine Hornisse gesehen. Und auf den Karten ist auch ein anderer Name eingezeichnet.»

Sie sahen sich schweigend an.

«Sie sind hier in Sicherheit», sagte die Frau. «Mich kontrolliert keiner, weil einer von den Hlinkaführern ein Auge auf mich geworfen hat.»

Sie winkte ab. «Ich will es nicht. Aber er versucht es immer wieder.» Sie lächelte entschuldigend. «Ihnen hilft es jetzt.»

Auf ihre Hilfe steht der Tod, dachte Bärenbach. Kein Hlinkamann könnte sie retten. Sie weiß es.

Die Frau warf einen Blick auf das Fenster über Bärenbach. «Ich habe das Heu hoch aufgehäuft. So können Sie aus dem Fenster steigen, ohne daß man Sie bemerkt.»

«Warum helfen Sie?» fragte Bärenbach.

Die Frau hob die Schultern und senkte sie. «Alle helfen Ihnen doch in den Tälern, und alle wünschen, daß Ihre Armee bald kommt.»

«Ja», sagte Bärenbach.

«Sie haben in drei Sprachen gesprochen», sagte die Frau, «mal tschechisch, mal deutsch, mal russisch. Sie tragen die Uniform der Roten Armee und sprechen deutsch?»

Bärenbach schwieg.

«Sie brauchen nicht zu antworten», sagte die Frau. «Nur wenn Sie möchten. Wir haben schon mal eine Partisaneneinheit bei uns gehabt. Nur kurz.»

Sie strich eine Strähne aus ihrem Gesicht, die sich aus ihrem Haarknoten gelöst hatte.

«Sie haben sehr wirr geträumt», sagte sie, «von Kämpfen. Und Sie haben Befehle gegeben. In Russisch und Slowakisch. Einmal haben Sie wohl eine Brücke gesprengt, dann einen Zug.»

Bärenbachs Lippen wurden schmal.

«Im Dunkeln», sagte die Frau, »können Sie ins Haus kommen. Ich verhänge die Fenster. Sie können in der Kammer schlafen. Sie besitzt ein Fenster zum Wald.»

Sie griff nach dem Krug, erhob sich, ging aber noch nicht nach unten.

«Baritza hat Ihren Arm behandelt.»

«Baritza?» fragte Bärenbach.

«Die weise Frau. Sie macht es mit Heilkräutern. Sie kann alles, sogar aus der Hand lesen. Und es trifft zu. Sie hat mir meinen Sohn geweissagt.»

«Sie haben einen Sohn?»

«Ja», sagte die Frau. «Er ist sieben. Er heißt Jan. Sie brauchen ihn nicht zu fürchten, er weiß, daß Sie hier sind, aber er spricht nicht im Dorf. Er ist ein stilles Kind. Die Zeit macht die Kinder vorsichtig.»

«Ja», sagte Bärenbach, «das wird sie wohl. Und Ihr Mann?»

«Er ist verunglückt. Beim Holzfällen. Es war noch vor dem Krieg. Ein Baum erschlug ihn.»

Die Frau blickte auf ihre Hände, ehe sie fortfuhr. «Baritza hat mir wieder einen Mann aus meiner Hand gelesen. Ehe der gelbe Ginster auf den Hängen blüht, hat sie gesagt. Auch in Ihrer Hand hat sie gelesen, als Sie bewußtlos waren.»

Sie lächelte entschuldigend.

«Sie führen den Hof allein?» fragte Bärenbach.

Die Frau nickte. «Ich muß ja», sagte sie, «aber einfach ist es nicht.»

Sie ist ohne Scheu, dachte Bärenbach.

«Ich werde wieder in die Berge gehen», sagte er.

«Warten Sie noch», erwiderte die Frau, «bis Sie wieder bei Kräften sind.»

«Was hat sie in meiner Hand gelesen?» fragte Bärenbach.

Die Frau hob die Schultern und senkte sie. «Sie hat es nicht gesagt. Sie sagt nicht alles. Zu manchem schweigt sie ganz.»

Eine tiefe Falte stand auf der Stirn der Frau.

«Hätte ich eine deutsche Uniform getragen», fragte Bärenbach, und er dachte dabei an Fechner, «was wäre geschehen?»

Die Augen der Frau blickten voller Haß. Sie schwieg.

Als es dunkel geworden war, betrat Bärenbach das Haus. Die Walther schob er seitlich unter den Gürtel, so daß sie von der Jacke verdeckt wurde, die ihm die Frau gegeben hatte. Es war eine Jacke ihres Mannes.

Der Junge wartete neben der Mutter auf dem Flur und gab ihm die Hand, dann lief er vor ihm her und öffnete eine Tür, die in die Wohnstube führte.

«Komm!» rief er, wobei er sich umsah. Wird mein Sohn so aussehen? dachte Bärenbach.

Im Raum, den Bärenbach betrat, standen ein großer grüner Kachelofen, ein wuchtiger Tisch mit sechs Stühlen, ein Büfett mit allerlei Gläsern, eine bemalte Truhe und ein Spinnrad. An der Wand tickte eine Kuckucksuhr. Auf dem dunklen Zifferblatt konnte man die Zahlen nur schwer erkennen, eigentlich nur, wenn man ganz nahe an die Uhr herantrat. Bärenbach wollte die Jacke ausziehen, weil ihm warm war, aber dann dachte er an die Pistole.

«Wie heißt du?» fragte der Junge.

«Boris», antwortete Bärenbach schnell.

«Ich heiße Jan», sagte der Junge.

«Also Jan», sagte Bärenbach. «Werden wir Freunde?»

«Fein», rief der Junge. «Liest du mir etwas vor?» fragte er und zeigte ihm ein Märchenbuch.

Bärenbach nahm das Buch. Draußen sterben Männer, dachte er, und ich lese Märchen. Aber die Augen des Kindes rührten ihn.

«Ich kann es auch tun», sagte die Frau, die ihn beobachtete.

«Nein, nein», wehrte Bärenbach ab.

Der Junge lauschte mit offenem Mund, obwohl er gewiß alle Märchen genau kannte, aber er wollte sie offenbar immer wieder hören.

Alle Märchen ähneln sich, dachte Bärenbach. Dann las er das Märchen von dem tapferen Schneiderlein und wie es den Riesen betrog.

Der Junge klatschte in die Hände. «Liest du weiter?»

Bärenbach hörte Stimmen und Schritte auf der Straße. Er saß starr, er lauschte, jeder Muskel seines Körpers war gespannt, damit er hochschnellen konnte.

«Warum liest du nicht weiter?» fragte der Junge und sah nach der Hand des Mannes, die unter die Jacke glitt.

Die Frau schob die Übergardinen einen Spalt zur Seite und blickte hinaus. Bärenbach beobachtete ihren Rücken.

«Lies doch weiter», bettelte der Junge.

«Sei still», sagte Bärenbach zu dem Jungen, der ihn erschrocken anblickte, weil der Ton der Stimme so rauh war.

«Es ist nichts», sagte die Frau und wandte ihm ihr Gesicht zu. Sie trug die Haare offen, hatte eine weiße Bluse und einen grauen Rock angezogen. Sie war eine schöne Frau. Bärenbach las weiter aus dem Buch vor, und er streichelte dem Jungen über die Wange, aber seine Stimme bebte leicht.

Dann krächzte der Kuckuck achtmal, und Bärenbach wußte, daß er es nicht mehr lange tun würde, weil das Uhrwerk hinüber war. Die Frau brachte den Jungen ins Bett, aber er rief noch nach Bärenbach, weil er von ihm gedrückt werden wollte.

«Bleibst du bei uns?» fragte er.

Bärenbach schüttelte den Kopf. In seiner Bewegung war ein Zögern, das ihn selbst verwirrte.

«Bleib doch», bettelte der Junge noch einmal, nur eindringlicher. «Ich zeig dir einen Bergbach. Nur wir in unserer Gegend kennen ihn. Und ich zeig dir, wie man Forellen fängt. Viele!»

Die Frau löschte das Licht und führte Bärenbach aus dem dunklen Zimmer hinaus. Einen Herzschlag lang blieben ihre Hände zusammen, und ihm schien es, als ob die Frau ihre Hand nur zögernd aus seiner löste.

«Mancher versteckt sich», sagte die Frau leise, «bis der Krieg vorbei ist.»

Bärenbach schwieg. «Nein», sagte er dann rauh.

Später zeigte sie ihm die Kammer, die nur durch das Mondlicht erhellt wurde und in der ein Bett stand und ein kleiner Nachttisch aus Eichenholz, über dem eine Madonna hing, deren Goldanstrich abblätterte.

Bärenbach blickte aus dem Fenster und bemerkte, daß

man auf das Dach des Stalles und von ihm aus auf den Boden springen konnte. Nach wenigen Schritten konnte er die verschneite Wand der Bäume erreichen, die sich hinter einem Fliehenden schließen würde. Und in den Wald würden die Faschisten nur zögernd folgen.

Noch ehe die Frau den Raum verließ, glitt seine Hand über ihr Haar.

«Danke», sagte Bärenbach, «für alles.»

Sie stand schweigend vor ihm, und plötzlich legte sie ihren Kopf an seine Brust. Sie weinte, ihr Körper wurde geschüttelt von einem verhaltenen Weinen. Er streichelte ihre Schultern, deren Beben unter seiner Hand nachließ.

Warum weint sie, dachte Bärenbach. Aber es ist diese Zeit, es ist der Krieg, der viele hilflos macht. Die Einsamkeit kann einen Menschen erschlagen, und der Krieg macht viele einsam. Ein Gefühl durchströmte ihn, das er sich nicht erklären konnte, aber das die Menschen wohl Heimweh nannten.

«Ich heiße Manja», sagte die Frau, ohne hochzublicken.

«Ich habe drei Kinder», sprach Bärenbach in ihr Haar, «und ich liebe meine Frau. Du bist ihr ähnlich.»

Er spürte Manjas Finger auf seinem Mund. Sie weinte nicht mehr, aber sie stand noch immer an ihn gelehnt.

Er schob sie sanft von sich. Dann holte er seinen Uniformmantel aus dem Stall und die Maschinenpistole, und er schob die Walther entsichert unter das Kopfkissen.

Ehe er einschlief, glitt Manja in sein Bett.

Am Morgen wußte er nicht, welchen Namen er ihr gegeben hatte in dieser Nacht.

2

Er schlief sehr lange, und als er die Augen aufschlug, schrak er zusammen, da er eine Gestalt erblickte, die vor seinem Bett stand. Aber es war der Junge.

«Du bist ein richtiger Russe, Boris?»

Bärenbach brummte ein «Ja», das auch ein «Nein» sein konnte.

«Orid, mein Freund aus dem ersten Haus hier im Ort», sagte der Junge, «hat schon drei von euren Fallschirmspringern getroffen. Er hat ihnen Salz gegeben, weil sie keins mehr hatten. Sie leben oben in den Bergen. Mitten im Schnee. Du auch?»

Bärenbach erhob sich. Er brummte etwas Undeutliches, und er fühlte, daß seine Kräfte zurückkehrten. Er spürte die Wunde noch, aber der Schmerz war zu ertragen.

«Wenn ich groß bin», sagte der Junge, «gehe ich auch in die Berge.»

«So», sagte Bärenbach.

«Ich werde Partisan», sagte der Junge. «Und ich bringe alle um.»

«Wen?» fragte Bärenbach.

«Alle Deutschen», sagte der Junge, «alle.»

«Wenn du groß bist, Jan», sagte Bärenbach, «gibt es keinen Krieg mehr.»

«Habt ihr sie dann alle umgebracht?»

«Nicht alle», sagte Bärenbach. «Man bringt nicht alle um.»

«Wenn sie nicht alle tot sind, gehe ich in die Berge. Du wirst es sehen.»

«Na gut», sagte Bärenbach.

«Du kannst dich unten waschen», sagte der Junge. «Mutti hat eine Schüssel hingestellt.»

Manja trug die Haare wieder zu einem Knoten zusammengebunden. Sie lächelte unsicher, aber das schüchterne Lächeln machte ihr Gesicht schöner.

«Hat er», sie zögerte, ehe sie weitersprach, «hat er dich geweckt?»

«Nein», sagte Bärenbach.

Die Frau goß warmes Wasser in eine Schüssel. «Du kannst dich waschen», sagte sie und verließ die Küche.

Nur der Junge blieb. «Darf ich zusehen?» fragte er.

«Ja», sagte Bärenbach.

«Bei Vati habe ich auch immer zugesehen», sagte der Junge.

Wie lange habe ich mich nicht warm gewaschen, dachte Bärenbach. Es ist herrlich! Es ist unvergleichlich!

«Ich habe eine Zahnbürste für dich», sagte der Junge.

Eine Zahnbürste! dachte Bärenbach. Eine richtige Zahnbürste!

«Mutti hat sie hingelegt», sagte der Junge. «Sie ist neu. Eigentlich sollte ich sie nehmen. Aber nun kriegst du sie.»

Eine Zahnbürste! dachte Bärenbach. Wird das guttun, wo das Zahnfleisch wie Feuer brennt und nicht massiert wird. Die einfachsten Dinge des Lebens waren wie ein Wunder. Unvergleichlich schön. So einen Hof haben im Frieden, einen vollen Stall und Felder! Und über mir die Berge, wo ich jeden Pfad kenne.

«Machst du den Verband nicht ab?» fragte der Junge. «Mutti hat es getan, als du im Fieber lagst. Du hast erzählt, und einmal hast du um dich geschlagen. Du hast Mutti am Kopf getroffen.»

Ich werde wohl rot, dachte Bärenbach. Aber man wird es nicht sehen durch den Bart.

«Sie ist eine gute Mutti», sagte er.

«Ja», sagte der Junge. «Sie ist besser als alle.»

Bärenbach löste vorsichtig den Verband. Er war an der Wunde festgeklebt, und er mußte ihn mit einem Ruck lösen. Es war wirklich nur ein einfacher kleiner Streifschuß, nicht mehr.

«Du bist aber tapfer», sagte der Junge. «Ich schreie bei einem Pflaster.»

«Du bist auch noch klein», sagte Bärenbach.

«So klein auch nicht», erwiderte der Junge. «Ich bin größer als Mirko, Orid und Tido. Und größer als der dicke Komzala bin ich auch.»

Bärenbach trocknete sich ab, schlüpfte in die Hose und wollte das Hemd und die Uniformbluse überziehen.

«Und die Wunde?» fragte der Junge.

«Ach so», sagte Bärenbach.

«Ich rufe die Mutti», sagte der Junge.

Bärenbach hörte ein Klopfen.

«Kann ich», fragte Manja von draußen.

«Gewiß», sagte Bärenbach.

«Ich verbinde die Wunde», sagte Manja. Aber ehe sie es

tat, strich sie mit einem Holzlöffel eine Salbe über die Wunde.

«Von der weisen Frau», sagte sie.

«Danke», sagte Bärenbach. «Es sieht alles gut aus. Ich kann den Arm wieder heben, ich kann ihn überhaupt wieder bewegen.»

Dann stand die Frau am Herd und stellte eine Pfanne über die Flammen, in die sie drei Eier schlug.

«Setz dich, Boris», bat sie leise.

Wie das riecht, dachte Bärenbach. Speck und Eier. Und er sah, wie die Frau eine Flasche aus dem Schrank nahm und die Flüssigkeit in ein Wasserglas goß.

«Selbstgebrannter», sagte sie. «Von meinem Schwager. Er brennt in dieser Gegend den besten Pflaumenschnaps. Willst du einen Schluck zum Frühstück?»

«Gern», sagte Bärenbach. Ich könnte noch drei Eier essen, dachte er.

Manja hatte den Wunsch wohl in seinen Augen gelesen. «Willst du noch?»

«Nein, nein», antwortete Bärenbach und trank den Schnaps, der scharf war, aber sehr gut schmeckte. Dann nickte er doch. Nichts Besseres kann es geben, dachte Bärenbach.

«Du ißt nichts?» fragte er die Frau.

Manja schüttelte den Kopf. «Ich hab schon gegessen, gleich früh, mit dem Jungen. Der bleibt nicht lange im Bett. Im Sommer wacht er mit den Hähnen auf.»

«Wir sind das Schlafen bei Tag gewöhnt», sagte Bärenbach, «und nachts sind wir munter.»

«Wie die Eulen», rief der Junge. «Die jagen auch nachts.»

Manja lächelte Bärenbach entschuldigend an. «Was er so alles plappert», sagte sie. «Wenn man ihn nicht bremst...»

«So stell ich mir meinen vor», sagte Bärenbach. «So groß wird er jetzt auch sein.»

Der Junge glitt neben ihn auf die Bank und kuschelte sich an ihn. «Er ist eine Schmusekatze», sagte Manja. «Er braucht mehr Liebe als andere. Viel mehr.»

«Da ist er kein schlechter Bursche», sagte Bärenbach, und er streichelte den Jungen.

«Ich gehe mit dir in die Berge», sagte der Junge.

«Die Berge im Winter, mein Junge, sind das Schlimmste, was es gibt.»

«Erzählst du mir von ihnen?» fragte der Junge.

Bärenbach schüttelte den Kopf.

Die Frau war aufgestanden und wusch das Geschirr. «Die Deutschen», sagte sie, «hat der Teufel geschaffen.»

Ihre Worte verletzten Bärenbach.

«Siehst du, Boris», sagte der Junge, «die Mutti sagt es auch!»

«Mutti», fragte er dann, «ist der Teufel ein Faschist? Ein Deutscher?»

Die Frau trocknete das Geschirr ab. Sie antwortete nicht, sie wurde unsicher, weil der Mann, der Boris hieß, sie so seltsam ansah. Und eine steile Falte teilte seine Stirn. Was habe ich gesagt, dachte Manja, das ihn verletzt hat?

Sie stellte das Geschirr in den Schrank, und aus den Augenwinkeln beobachtete sie ihn weiter, diesen Mann. Er spricht russisch, tschechisch und deutsch, dachte sie, so, als wären alle diese Sprachen seine Muttersprache. Und seine Frau hat einen deutschen Namen... Er war ein Russe, aber er konnte auch ein Deutscher sein. Und wenn er, dachte Manja, ein Spitzel war? Es sollte Russen geben, die für die Deutschen kämpften, und ihr General hieß Wlassow. Aber so konnte sie sich nicht irren!

Sie beobachtet mich, dachte Bärenbach, sie will es so tun, daß ich es nicht sehe, aber ich bemerke es doch. Worüber grübelt sie nach? Wenn ich nur meine Karte hätte. Wenn ich nur wüßte, wie es wirklich heißt, dieses Tal der Hornissen, wie Manja es nennt. Wie weit liegt es weg von unserem neuen Einsatzgebiet? Schaffe ich es über die Kämme allein? Und wenn ich sie nicht finde? Und unvermittelt dachte er an den Verräter... Wie konnte er ihn überhaupt vergessen haben? Er mußte seine Kampfgefährten finden. Er mußte zurück in die Berge. Aber würde er dann auf den Verräter treffen?

Er schloß die Augen, und er sah sie alle, die er kannte, blickte in jedes Gesicht, in das von Bretislav, von Ondrej, von Maxim, von Vaćlav, von Pavel, von Sergej, von Julius, von Zdeněk, von Karel, von Janos, von Wsewolod. Aber blickte er nicht schon in Gesichter von Toten? Der Tod schonte niemanden. Auch Náco hatte er gepackt. Náco, dieser Bursche, der hintreten wollte nach dem Sieg auf den Wenzelsplatz, um Salve auf Salve in den Himmel zu schießen. Náco... Aber er konnte keinen Verräter finden, alle waren sie Nácos, alle. Er schämte sich sogar, auch nur einen verdächtigt zu haben.

«Du träumst», lachte Jan.

Bärenbach erschrak, schlug die Augen auf.

«Es ist die Wärme in der Küche», sagte er. Und doch, dachte er, haben wir einen Verräter unter uns. Einmal war über Funk die Warnung gekommen, der Feind schleuse Verräter ein, auch Soldaten Wlassows, als angebliche Fallschirmspringer der Roten Armee, als abgeschossene Piloten oder Überläufer. Eine ganze Partisaneneinheit war vernichtet worden. Er konnte sich an den Ort nicht mehr erinnern. Kein Partisan sollte dem Feind entkommen sein. Aber ein Ondrej, ein Pavel, ein Sergej, ein Wsewolod? Es war unmöglich...

«Woran denkst du?» fragte der Junge.

Bärenbach erhob sich. «Ich werde nach der Uhr sehen», sagte er, «vielleicht kann ich sie reparieren.»

«Das wäre gut», lächelte Manja. «Der Kuckuck ist schon altersschwach und auch das Uhrwerk.»

Bärenbach untersuchte die Uhr. Er kannte sich aus bei Uhren, weil sie das Steckenpferd des Großvaters gewesen waren und er sich von ihm so manches abgesehen hatte. Er konnte jeden Regulator reparieren. Aber diese Uhr war einfach zu alt. Viel konnte er nicht mehr tun.

Zu Mittag gab es Knödel und Fleisch, und Bärenbach aß mit gutem Appetit.

«Du kannst schlafen», sagte Manja, «ich werde achtgeben.»

Er war dann hochgegangen in die Kammer, hatte tief

und fest geschlafen und war erst gegen halb vier erwacht. Er spürte wieder die zurückkehrende Kraft in seinem Körper, als er sich erhob. Und die Wunde heilt gut, dachte er, sehr gut. Er saß auf dem Bett in der Kammer und reinigte seine Pistole. Die Teile der Waffe legte er vor sich auf den Boden. Beide Magazine lud er wieder. Bevor er die Patronen einzeln einschob, wischte er sie mit einem Lappen ab, den ihm Jan gebracht hatte.

Der Junge stand neben ihm und sah ihm zu. Er wies aus dem Fenster in die Richtung des Berges, der bis zur Kuppe hin mit Bäumen bewachsen war. «Da oben sollen Partisanen sein.»

Bärenbach blickte auf. «Woher weißt du das?»

«Die Leute im Dorf haben es gesagt. Im Nachbardorf sind sie gewesen! Sie brauchen Medizin und Kartoffeln.»

Morgen, in aller Frühe, dachte Bärenbach, werde ich hinaufsteigen. Aber ich muß vorsichtig sein, sonst bin ich tot, ehe ich die Mitte des Berges erreiche. Es können nicht meine Kampfgefährten sein! Oder doch? Aber es kann nur eine andere Einheit sein. Wenn sie ohne Anruf schießen? Wenn einer entdeckt, daß ich ein Deutscher bin... Aber ich muß hinauf, weil ich wieder kämpfen will und weil der Feind das Dorf durchsuchen kann.

Der Junge saß neben ihm und lehnte seinen Kopf an Bärenbachs Knie. Als Bärenbach ihm über das Haar strich, verharrte der Junge unbeweglich. Bärenbach streichelte ihn, und das Zärtlichsein tat ihm wohl. Minuten mußten so verstrichen sein.

«Hast du schon viele getötet?» fragte der Junge.

Bärenbach nickte.

«Dann bist du ein Held», sagte der Junge mit fester Stimme und hob den Kopf.

«Nein», lächelte Bärenbach. «Ich bin nur ein Soldat. Ich bin nicht besser und nicht schlechter als die anderen.»

3

Nachts erwachte Bärenbach durch ein Geräusch. Es schien ihm, als ob Metall an ein Koppelschloß schlug. Er sprang aus dem Bett und stand, die Pistole in der Hand, neben dem Fenster.

Die Nacht war sehr dunkel. Aber dann sah er sie: Es waren drei Mann. Zwei standen am Waldrand, und als der dritte auf das Haus zulief, verschwanden sie zwischen den Bäumen.

Bärenbach spürte den Schlag seines Herzens sehr stark. Wenn es Partisanen waren, die ihn fanden, ihn für einen Spion hielten, noch ehe er mit ihrem Kommandeur reden konnte, würden ihn ihre Kugeln treffen. Waren es Deutsche, drohte ihm die gleiche Gefahr, da er Waffen besaß und eine Uniform der Roten Armee.

Der Mann schritt vorsichtig auf das Haus zu.

Wenn nur der Mond kommen würde, dieser Saukerl, fluchte Bärenbach lautlos. Wenn man ihn braucht, ist er nicht da!

Bärenbach stand unbeweglich, denn er wußte, daß auch die Blicke der anderen Männer über das Haus glitten.

Warum hat Manja keinen Hund? dachte Bärenbach. Er würde nicht so lautlos an das Haus herankönnen, dieser Mann!

Die Schritte des Unbekannten knirschten im Schnee. Bärenbach konnte ihn nicht mehr sehen, weil er nun unter ihm stehen mußte, direkt neben dem Stall.

Bärenbach hörte ein leises Klopfen an das Fenster, hinter dem das Schlafzimmer Manjas lag.

Minutenlang geschah nichts.

Diese verfluchte Stille, dachte Bärenbach.

Dann öffnete sich Manjas Fenster. Das Gewisper war nicht zu verstehen, es setzte aus, es begann wieder.

Ich brauche die Maschinenpistole, dachte Bärenbach. Vorsichtig trat er vom Fenster zurück, ging in die Hocke und griff unter das Bett nach der Waffe.

Wenn Manja mit dem Mann sprach, mußte sie ihn ken-

nen. Irgend etwas mußte es geben, weshalb sie so lange flüsterten.

Als er wieder neben dem Fenster stand, hörte er nichts mehr.

Und wenn Manja... Er wagte nicht, den Gedanken weiter zu denken. Auch die Deutschen hatten ihre Lockvögel, ihre Verräter, versuchten in den Tälern ihre Netze zu werfen, versprachen alles für eine gute Information. Aber ausgerechnet Manja? Das war unmöglich!

Doch unmöglich war nichts in dieser Zeit!

Wie in einer Falle saß er hier. Zwei Mann würden genügen, um das Haus zu überblicken, die Fenster, die Türen und den Stall. Ohne daß er sie sah, konnten ihn ihre Kugeln treffen. Wenn es slowakische Faschisten waren? Aber Bärenbach besaß zwei Waffen. Er würde kämpfen, solange die Patronen reichten. Und eine in der Walther blieb für ihn, für den Schuß in die Schläfe. Er wußte, wie man die

Pistole ansetzte, wenn einem nur noch die letzte Kugel blieb.

Bärenbach lauschte in das Dunkel. Dann hörte er Schritte auf der schmalen Treppe. Er sprang zur Tür und stellte sich so, daß er hinter ihr stand, wenn sie geöffnet wurde.

Es waren leise Schritte, und er begriff, daß Manja nach oben kam.

«Boris», flüsterte Manja.

«Komm allein rein», sagte Bärenbach, «und schließ hinter dir die Tür.»

«Was hast du?» fragte Manja, als sie in die Mündung der Waffe blickte. «Deine Gefährten sind unten!»

«Meine Gefährten», flüsterte Bärenbach.

«Sie haben dich gesucht. Irgendwo müssen sie es erfahren haben. Ich habe nicht gesprochen, nur zur weisen Frau.»

«Meine Gefährten sind tot», sagte Bärenbach leise, und er lauschte zur Treppe hin. Er wußte, daß er jedes Geräusch hören würde, weil das Holz der Treppe den Schritt verriet. Selbst Manjas leichten Tritt hatte er deutlich wahrgenommen.

«Aber es sind deine Gefährten, Boris. Sie kennen dich genau.»

Was spielt sie für ein Spiel, dachte Bärenbach.

«Wenn du lügst, Manja», sagte er leise, «bist du in wenigen Minuten tot. Ich werde dich nicht schonen. Dein Junge bleibt allein. Bei fremden Menschen. Bedenke das! Sag mir die Wahrheit!» Er sprach sehr eindringlich. «Wer ist unten? Wer lauert im Wald?»

Manja blickte ihn erschrocken an. «Warum sollte ich lügen, Boris?»

Sie können eine Handgranate in das Fenster werfen, dachte Bärenbach, aber Manja ist meine Geisel. Einen der wenigen in diesen Dörfern, der ihnen hilft, werden sie nicht opfern.

«Einer ist unten», sagte Manja, «der dich genau kennt. Und er hat mir seinen Namen gesagt. Wie eine Parole.»

«Wie heißt er?» fragte Bärenbach.

«Hanuš.»

Bärenbach schrak zusammen. Hanuš? Hanuš sollte unten sein?

«Wie sieht er aus», fragte er hastig.

Manja zögerte, als ob sie sich erinnern müßte.

«Mein Gott. Wie soll er aussehen... Was sieht man von einem Menschen, der im Dunkel vor dem Fenster steht.»

«Beschreib ihn», forderte Bärenbach. «Was trägt er für Sachen?»

«Eine slowakische Uniform», erwiderte Manja. «Sehr zerschlissen. Seine Haare habe ich nicht gesehen unter der Mütze. Aber sie sind schwarz. Eine Strähne hing ihm in die Augen. Über der Oberlippe hat er eine Narbe.»

Hanuš, dachte Bärenbach. Hanuš soll unten warten? Dann wäre er auf der anderen Seite über den Berg gekommen? Dann hätten sie nicht alle Bunker gefunden? Aber wenn...? Auch Fechner hatten sie zum Reden gebracht.

«Er soll hochkommen», befahl Bärenbach plötzlich, «aber allein und ohne Waffe und mit erhobenen Händen. Und du, Manja, bleibst stehen, wo du stehst, wenn du ihn rufst.»

Manja nickte erschrocken. Sie öffnete leise die Tür und rief die Treppe hinab: «Sie können hochkommen. Ohne Waffen und allein. Mit erhobenen Händen.»

Bärenbach lauschte. Seine Nerven waren aufs äußerste gespannt.

«Ja», brummte ein Mann am Fuß der Treppe. Dann stieg er schnell nach oben, verharrte einen Augenblick lang vor der Tür und trat in das Zimmer, wobei er die Hände in Höhe seiner Schulter hielt.

Es war Hanuš!

«Wir haben dich gesucht, Boris», sagte er. «Und wir haben den toten Sergej gefunden.»

Fechner! dachte Bärenbach. Sie haben Fechner gefunden. Er hielt die Waffe noch immer im Anschlag. Einer von uns, dachte er, ist ein Verräter...

«Karel steht am Waldrand», sagte Hanuš, «wenn ich winke, wird er über den Hof kommen.»

Erst jetzt bemerkte Bärenbach, daß Hanuš verwundet war. Der Verband seiner Hand war blutdurchtränkt.

«Es war ein Höllenmarsch», sagte Hanuš, als er Bärenbachs Blick sah. «Wir haben kein Verbandzeug. Ich kann es nicht wechseln.» Dann schwieg er.

«Boris, du kannst mir trauen», sagte er leise.

Bärenbach senkte die Waffe.

Er schlüpfte in die Uniform, schob die Pistole in die Manteltasche und trug, als er aus dem Haus trat, die Maschinenpistole vor der Brust. Er ließ die Hand auf Manjas Schulter ruhen. «Verzeih», sagte er.

«Ja», sagte sie leise.

Wenn man im Schnee stand, war es eine helle Nacht.

Er umarmte Karel, der hinter dem Stamm einer Fichte hervortrat.

«Alter Junge», sagte Bärenbach, und er war so erregt, daß er erst russisch sprach und dann slowakisch. Beinahe aber hätte er die Worte auf deutsch gesagt.

«Janos ist tot», sagte Hanuš. «Karel, Wsewolod, du und ich – wir sind die einzigen unserer Gruppe, die damals weggekommen sind. Aber auch viele aus den anderen Bunkern haben es geschafft. Sie hatten gute Posten, aber auch Verluste. Sie sind wie ein Keil durch die SS gestoßen.»

«Einer muß es der SS genau gesteckt haben», sagte Bärenbach leise.

Hanuš nickte. «Ja», sagte er. «Sie haben um die Bunker ein Netz gezogen... Es kann einer von den Vermißten sein oder einer, der mit in der Schonung war.» Er rieb sich den Nacken.

«Es kann einer sein, der noch immer bei uns ist», sagte Bärenbach.

«Wir haben die Wachen weit nach vorn geschoben. Es sind mehr als früher», erzählte Karel.

«Es kann ein Hlinkamann sein», sagte Bärenbach, «der sich eingeschlichen hat.»

Seine Begleiter sahen ihn schweigend an.

«Es kann auch einer von euch sein», sagte Hanuš.

Bärenbach erschrak, aber er begriff, daß Hanuš ihn nur

als Russen meinte, nicht als Deutschen. Alles war möglich in dieser Zeit. Er dachte an Pavel, der entkommen sein sollte aus einem Gefangenenlager, er dachte an Sergej, dessen Flugzeug, wie er angab, abgeschossen wurde durch deutsche Nachtjäger. Wer konnte wirklich hinter eine Stirn blicken? Jeder konnte ein Wlassowmann sein... Aber sollte man jedem mißtrauen? Und Karel? Und Hanuš?

«Der ganze Stab hat es geschafft», sagte Karel, «alle Aufklärer, sogar Zdeněk, obwohl er in der Nachhut war.» Und etwas langsamer ergänzte er: «Von deinen Landsleuten außer Wsewolod noch Pavel und der zweite Sergej.»

Wieder die Namen, dachte Bärenbach und blickte schnell in die Gesichter der beiden Männer, die mit ihm sprachen.

Aber ihre Mienen blieben unverändert.

«Das Dorf hier», sagte Hanuš, «liegt günstig. Aber wir müssen weiter. Wir könnten die Funker unterbringen und den Stab, auch Verletzte. Den Zugang aus dem tieferen Tal kann man gut einsehen. Mit einem MG hältst du zwei Kompanien auf. Die Faschisten waren auch noch nicht in diesem Dorf, denn es liegt ihnen zu dicht am Berg, weißt du. Und die Bauern werden helfen.»

«Woher», fragte Bärenbach, «habt ihr gewußt, daß ich in diesem Haus liege?»

«Von den Bauern», sagte Hanuš. «Sie müssen es gewußt haben. Vom ersten Tag an, als du ins Dorf kamst. Weißt du, ich kenne das von meinem Dorf. Man denkt, man hält etwas geheim, aber jedes Haus hat Ohren. Sie wissen alles.» Er lachte. «Mehr als du selbst weißt. Glaub mir. Und erst ein Russe in ihrem Dorf!»

Sie stapften steil bergan. Mit einem Bündel aus Tannenzweigen verwischte Karel die Spur. Der Schnee, der leise fiel, würde sie bis zum Morgen bedecken.

Und nachts marschierten die Partisanen weiter, von Berg zu Berg, bis in die neuen Operationsgebiete, die ihnen der Hauptstab nannte. In rascher Folge sprengten sie Züge, Brücken, zwei Munitionslager, griffen Nachschubkolonnen an und nahmen zwei deutsche Offiziere gefangen und einen General, vernichteten in einem Tal eine ganze deutsche Kompanie. Als der Feind ihnen nachstieg, zogen sie höher hinauf in die Berge und wechselten auch das Operationsgebiet.

4

Tage der Kälte...

Tage der Nässe...

Tage des Hungers...

Und der Wind fegte eisig über die Berge – eine Sichel aus Frost...

Und der Frost biß mit dreißig Grad in ihre Körper, wurde nachts noch stärker. Es war die Hölle des Winters, die weiße Hölle der Berge. Zwei Meter hoch lag der Schnee. Und in den Tälern lauerten die Strafexpeditionen. Höher und höher zogen sich die Partisanen zurück, schnellten herab zu einem Schlag, zogen sich wieder zurück. Aber der Hunger, der barbarische Hunger. Bis zu drei oder vier Tagen waren sie ohne Essen und hatten zum Trinken nur geschmolzenen Schnee. Den Bauern, die ständig halfen, drohten immer stärkere Kontrollen. Selbst die Anzahl der Brote im Haus wurde kontrolliert.

Die weiße Hölle der Berge, und ein Leben ohne Waschen, mit den Läusen, mit den Flöhen und den Zähnen, die zu wackeln begannen. Die Verwundeten lagen auf den Schlitten, auf den Tragen, und mancher bettelte um den tödlichen Schuß. Weniger durch den Feind kam jetzt der Tod, er kam als Hunger, er kam als Erschöpfung.

Sie rasteten, sie lagen in ihren zerschlissenen Mänteln nach einem Nachtmarsch im Schnee von Berg zu Berg. Ihre Augen in den hageren Gesichtern waren gezeichnet vom Hunger.

Ganz in der Nähe lag ein Tal, in dem es Kühe gab und Bauern, die helfen würden.

Aber ein einziger Weg führte dorthin: Man mußte hindurch unter einer Brücke, die bewacht wurde, man mußte durch einen breiten Bach, dessen Wasser eiskalt war, aber nicht gefroren. Lief man im Schutz des Brückenbogens, gelangte man zu einem Dickicht und in ihm weiter zum ersten Gehöft. Und zwei Mädchen aus dem Dorf würden mit den Posten schwatzen, sie ablenken.

Bretislav suchte drei Freiwillige. Wer?

Bärenbach erhob sich.

«Ich», sagte er, blickte in die Runde, in die Gesichter seiner Kampfgefährten. Wen würde er mithaben wollen? Hanuš? Zdeněk? Karel? Wsewolod? Julius? Wer würde sich erheben? Es konnte ein Gang werden in den Tod. Aber Václav selbst, der Kommissar, war es, der mitging. Und Hanuš! Der unverwüstliche Hanuš. Die besten Kameraden, die man sich denken konnte für einen letzten Gang, die besten.

Sie stapften los: Bärenbach, Václav und Hanuš. Mor ho! Der Gruß der Partisanen begleitete sie. War es der letzte Gruß? Sie standen im Schutz der Fichten. Schräg wehten die Schneeflocken durch ihr Geäst.

«Die Brücke!» flüsterte Bärenbach. «Die Brücke.»

Es war keine große Brücke, aber von ihr herab konnte man das ganze Tal einsehen. Wollte man von der Brücke nach unten blicken, mußte man sich weit über das Geländer beugen. Das, wußte Bärenbach, war ihre Chance.

In der Mitte der Brücke standen die Posten.

«Sie unterhalten sich», flüsterte Bärenbach, «und sie schlagen mit den Stiefeln aneinander. Sie frieren – das lenkt sie ab. Sie werden nicht unter die Brücke blicken, nur in das Tal. Direkt unter der Brücke können wir durch das Wasser.»

«Aber der Bach», knurrte Hanuš, «kann an dieser Stelle tief sein. Bis zum Gürtel vielleicht.»

«Es hilft nichts», sagte Václav, «es ist der einzige Weg.»

Vorsichtig schlichen sie unter den Pfeilern an den Bach heran, dessen Plätschern das einzige Geräusch war im Tal. Bärenbach kletterte als erster hinein. Er erschrak über die Kälte. Er tastete sich weiter über den steinigen Grund, wobei ihm das Wasser bis zum Koppel reichte.

Kein Wort fiel. Václav folgte und dann Hanuš. Die nassen Sachen würden an den Körpern gefrieren.

Und später das Dorf...

Es war kein großes Dorf, die Häuser standen am Hang und ein paar Scheunen. Aber es war ein Dorf, das ihnen half. Schon die Menschen des ersten Hauses, das sie betraten, halfen. Der zahnlose Alte, der sie empfing, brachte eine Kuh, dann führte ein Junge eine zweite heran aus dem Nachbarstall.

«Es sind prächtige Kühe», sagte der Alte, «und gut im Fleisch...»

«Wir verbinden ihre Mäuler», sagte Bärenbach, «jedes Schnaufen kann uns verraten.»

Der Alte nickte, brachte Stricke und Tücher.

«Mein Sohn», sagte er, «ist in den Bergen wie ihr. Er heißt Jan. Habt ihr ihn gesehen?»

Bärenbach schüttelte den Kopf. «Es gibt viele, die seinen Namen tragen.»

Sie zogen die Kühe hinter sich her, durch das Dickicht, durch den Wald, aber das Schwerste stand ihnen noch bevor: das Wasser! Die Posten auf der Brücke!

Über ihren Köpfen liefen die Posten, standen, erzählten. Das Kichern der Mädchen drang zu ihnen herab. Václav zog eine Kuh, Hanuš die zweite, Bärenbach stand mit der MPi im Anschlag, richtete den Lauf auf die Brücke. Wenn sie herabblicken, dachte er, sind wir verloren. Die Schüsse würden den Feind herbeirufen. Wir hätten ihn im Nacken und zögen weiter mit dem Hunger. Und was geschähe mit dem Dorf, wenn sie die Kühe fänden? Sie hingen die Bewohner vor ihren eigenen Häusern auf, Mann für Mann, ihre Frauen und Kinder dazu. Sie können ein Dorf dem Erdboden gleichmachen.

Die Kühe schlugen aus, als sie das Wasser sahen, aber der Schnee dämpfte den Schlag ihrer Hufe. Die Männer standen wie erstarrt. Waren sie zu laut? Beugte sich ein Soldat über das Geländer, blickte er hinab? Zielte schon ein tödlicher Lauf auf sie? Eine Salve würde sie alle treffen...

Sie standen im Schnee, und sie warteten.

In der Stille schien ihnen selbst ihr Atem zu laut.

Hanuš zerrte die erste Kuh durch das Wasser. Ihre Augen waren schreckgeweitet und groß, riesengroß, und sie hielt den Kopf sehr hoch. Die zweite folgte.

Bärenbach watete durch das Wasser, hielt die Waffe im Anschlag, wartete auf einen Anruf.

Aber die Posten schienen bei einem guten Thema zu sein. Und die häßlichsten Mädchen würde das Dorf nicht geschickt haben. Es war eine gute Brücke für die Posten. Mit einem Blick nach links und nach rechts konnten sie ins Tal sehen. Kein Hase würde unbemerkt herankommen bis an den Bach, geschweige denn ein Mensch. Und Partisanen waren nicht gesichtet worden. Eine bessere Brücke konnte es nicht geben für einen Postengang.

Drei Männer aber und zwei Kühe verschwanden ungesehen im Dickicht und im Wald, der heranreichte bis an die Brücke auf der anderen Seite.

«Geschafft», stöhnte Hanuš auf, «einige Zeit ohne Hunger! Eine ganze Woche!»

Etwas leiser sagte Bärenbach: «Aber auch ohne Salz!»

Nach langen Tages- und endlosen Nachtmärschen endlich Ruhe, irgendwo hinter Cicmany in den Bergen. In den Erdhöhlen spürte man nicht den Frost, oder man glaubte ihn nicht zu spüren. Aber der Frost lauerte vor der Höhle. Ruhe... Schlaf... Es werden zwei Brücken folgen und drei Züge in den Stunden nach der Ruhe.

Ein Talglicht brannte.

Bärenbach blickte seine Gefährten an. Hanuš lächelte im Schlaf, träumte sicher von seinem Nachtgebet, diesem schwarzen, langbeinigen Mädchen, das Bärenbach nur aus Erzählungen kannte, gewiß träumte er von ihr. Karel schnarchte wie ein Bär im hintersten Winkel der Höhle. Wsewolod lag wie ein Toter.

Schlaf...

Ein Rascheln am Eingang der Höhle, ein Flüstern: «Die Deutschen durchkämmen in Gruppen den Wald, Meter um Meter, sie sind nicht mehr weit.»

Bärenbach rüttelte Hanuš an den Schultern, der erwachte mit einem leisen Fluch, griff aber sofort zur Waffe, auch Karel. Sie haben es im Blut, dachte Bärenbach, ihr Körper kann sich umstellen in nur einer Sekunde, vom Schlaf in den Kampf. Eine weitere könnte schon tödlich sein.

Sie hörten Schritte, deutsche Stimmen, sehr leise, aber im Schnee sehr laut. Sie hockten im Bunker, der gut getarnt war, sie hielten die Waffen schußbereit, die Handgranaten.

Näher kam das Knirschen der Schritte im Schnee, näher... Die Gesichter im Erdbunker waren gespannt, jeder Muskel.

Wie viele kamen auf sie zu? Einen Bunker allein konnten sie vernichten. Rosel, dachte Bärenbach, man hätte intensiver mit ihr leben müssen in dieser kurzen Zeit, die uns vergönnt war. Aber haben wir nicht intensiv gelebt? Gewiß. Und drei Kinder werden bleiben, ein Sohn.

Aber leben sie wirklich noch? Lebt der Sohn, der seinen Namen trägt? Im Augenblick des Todes müßte man sie sehen können.

Neben dem Bunker knirschten die Schritte.

Jetzt...

Wenn ihre Handgranaten in unserem Bunker detonieren, sterben wir ohne Kampf, dachte Bärenbach. Wäre es nicht besser gewesen, im Gelände zu kämpfen – es starb sich leichter, wenn die Waffe feuerte. Habe ich einen Fehler gemacht? Habe ich den Männern diesen Tod genommen, um ihnen einen zu geben ohne Kampf?

Die Schritte hörten sie nicht mehr. Die Feinde standen neben dem Bunker.

Da eine leise Stimme, etwas näselnd, die nur Bärenbach verstand: «Aber da vorn waren doch Spuren? Sie haben sie verwischt. Als ob sie in den Boden getaucht sind, diese Hunde.»

«Ist etwas?»

«Nein, Untersturmführer! Der Wald ist sauber.»

«Ausschwärmen!»

«Sie gehen weiter», flüsterte Hanuš Bärenbach ins Ohr.

Es verging eine Minute, es vergingen zwei, es vergingen viele Minuten, es blieb nur die Stille des Bunkers.

Da hörten sie Schüsse.

«Sie haben einen Bunker entdeckt», rief Bärenbach. «Auf, Männer! Wir sind in ihrem Rücken!»

Sie liefen gebückt und im Schutz der Bäume dem Kampflärm entgegen. Da lag der Gegner vor ihnen im Schnee, wild nach vorn feuernd.

Wir mähen sie mit der Waffe, wie man Korn mäht, dachte Bärenbach, als sein Dauerfeuer die Rücken der Männer traf. Und die, die sich umwandten, kamen nicht mehr zum Schuß.

Wir haben die ganze Gruppe, dachte Bärenbach, und der Offizier liegt direkt vor mir. Und jeder Tote macht die deutsche Hauptkampflinie schwächer.

5

Und sie zogen zurück zum Tal der Hornissen, als vom Hauptstab der Befehl kam, bauten die Bunker in dessen Nähe, bauten sie weit auseinander und einen für die Verwundeten und den Feldscher und die Sanitäterin und legten Telefonleitungen zwischen den Gruppen.

Sie bauten die Bunker in Hügel hinein, sie bauten sie so, daß man sie beinahe als Unterstände bezeichnen konnte. Wenn man hineintrat aus dem Frost in die dumpfe Wärme der Bunker, sah man rechts die Pritschen, doppelstöckig gebaut und mit Strohsäcken belegt, ungewohnter Luxus, den ihnen die Bauern verschafften. Und links die Leinen zum Trocknen der Kleidungsstücke, die Waffen, die an Nägeln hingen, in der Ecke der Tisch mit der blakenden Petroleumlampe.

Es war eine gute Zeit. Und in einer Ebene, die vor einem Berg lag, der sehr hoch war und den die Bauern und Holzfäller den «Finsteren» nannten, konnten kleinere Transportmaschinen landen mit dem roten Stern. Sie landeten nachts zwischen Signalfeuern, und sie frischten die Vorräte an Munition auf und an Medikamenten.

Und das Tal der Hornissen war ein gutes Tal, weil das Dorf ihnen half, und in einem seiner Häuser dicht am Hang saß die Gruppe der Funker, in einem anderen lagen zwei Verwundete, und bei Manja und Jan lag der Verwundete Sergej. Und sicher war es die beste Zeit, weil sie den Bauern zwei Kühe abkauften, und einer schenkte ihnen sogar ein Schwein und zwei Sack Kartoffeln.

Von den Bergen herab führten zwei Trampelpfade zum Dorf. Und noch weit vor dem Dorf standen die Wachen, gut gedeckt gegen jede Sicht. Eine Überraschung durch die Deutschen war unmöglich, und selbst im Dorf kannte keiner den Standort der Posten.

Aber der «Finstere» war ihnen nicht gewogen. Eine Lawine schickte er herab, mit der sie nicht gerechnet hatten. Mit einem Wall von Schnee, von Ästen und Bäumen begrub er den Flugplatz, vernichtete einen Teil der Vorräte und die Telefonverbindungen.

«Ein böses Zeichen», sagte die weise Frau im Dorf, «wenn der ‹Finstere› droht, kommt eine böse Zeit.»

Sie lagen wach im Bunker, Bärenbach und Hanuš, die anderen schliefen vor der nächtlichen Aktion. Karel schnarchte leise.

«Ich kann nicht schlafen», murmelte Hanuš.

«Ich auch nicht», erwiderte Bärenbach.

«Es taut», sagte Hanuš.

«Aber im Frost, im Nachtfrost, wird der Tau zum Eis», erwiderte Bärenbach. «Jeder Pfad wird ein Knochenbrecher.»

Karel warf sich im Schlaf herum, sprach ein paar wirre Worte, schreckte hoch, schlief weiter.

«Wie stellst du dir dein Land vor nach dem Krieg, Hanuš?» fragte Bärenbach. «Ich meine als Staat?»

Hanuš überlegte lange. «Wieder die Republik, denke ich, wir haben ein bestimmtes Verhältnis zu ihr als Staat. Aber mit mehr Rechten für die Slowakei, denn die Verselbständigung unserer Slowakei ist nur ein Plan Hitlers. Nichts weiter. Nichts hat sie uns gebracht, nur eine sogenannte Autonomie, aber Judenverfolgungen, Konzentrationslager, das Verbot der Arbeiterparteien, das Polizeiregime, das Staatsgefängnis Ilava, einen Klerus, der Politik macht. Und vieles andere mehr.»

«Ich denke auch so», erwiderte Bärenbach. «Die Slowaken als eine selbständige Nation, gleichberechtigt neben der Nation der Tschechen, in einer gemeinsamen Republik.»

«Genauso», sagte Hanuš. «Weißt du, Boris, dieser Aufstand hat uns ein neues Selbstgefühl als Nation gegeben. Wir sind eine kämpfende, wir sind keine besiegte Nation mehr! Und wir befreien uns mit! Wir erwarten sie nicht nur, diese Freiheit. Wir geben unser Blut für sie. Und es vereint uns, weil wir es gemeinsam tun, Slowaken und Tschechen.»

«Karel träumt wirr», sagte Bärenbach. «Ein Alptraum sicher. Wollen wir ihn wecken?»

«Es vergeht», sagte Hanuš. «Du hast die Träume doch auch.»

«Manchmal», sagte Bärenbach. «Und wenn die Malaria kommt, vor allem dann.»

Wsewolod, der auf der Doppelstockpritsche über Karel lag, rüttelte den Träumenden wach. «He, Karel, he!»

Karel rieb sich die Augen, fuhr mit den Händen durch das Haar, kratzte dann seinen Rücken und atmete tief durch.

«Schlaf weiter», sagte Wsewolod. «Dawai!»

Karel schlief wieder ein.

«Was wird mein Mädchen machen?» fragte Hanuš. «Weißt du, Boris, manchmal brennt mich die Sehnsucht kaputt.»

«Dich nicht allein», sagte Bärenbach, «dich nicht allein.»

Sie schwiegen.

«Boris? Was wirst du nach diesem Krieg tun?»

«Ich habe eine Frau, ich habe drei Kinder», sagte Bärenbach, «viel hängt wohl davon ab, ob ich sie finden werde.» Er stützte den Kopf in die Hände. «Lebend», sagte er leise. Er blickte Hanuš wieder an. «Weißt du, ich möchte einfach nur mal leben, ohne daß mir der Feind im Nacken sitzt. Eine Arbeit haben, die mich ausfüllt und, wenn ich nach Hause komme, meine Kinder und die Frau sehen. Oft denke ich nicht weiter.»

«Boris?»

«Ja?» fragte Bärenbach.

«Wenn es mich erwischt, wenn es mich tödlich trifft, dann fahr du hin!»

«Was du redest!» sagte Bärenbach.

«Versprich es, Boris! Bitte!»

«Ich verspreche es», sagte Bärenbach.

«Es ist das letzte Haus, Boris, das allerletzte. Du kommst mit dem Auto bis hoch. Sie hat schwarze Haare, die sehr lang sind. Sie ist die einzige, die sie so trägt im Dorf. Sie trägt nie ein Kopftuch.»

«Ich würde es tun, Hanuš. Aber solche Gedanken sind nicht gut. Wir wollen ihn alle erleben, diesen Sieg, unseren Sieg. Alle!»

«Du weißt doch selber, daß es nicht so wird, Boris. Beim Einsatz heute nacht kann es jeden von uns treffen, jeden. Ich hoffe, es trifft nie dich.»

«Warum ausgerechnet mich nicht, Hanuš?»

«Weil du eine Frau hast und drei Kinder. Du mußt durchkommen. Ich habe nur mein Mädchen.»

«Wir müssen es alle», sagte Bärenbach. «Keiner hätte das Recht, sich zu schonen in diesem Krieg. Keiner! Es ist der gnadenloseste Krieg, der je geführt wurde, Hanuš.»

«Boris?»

«Ja?»

«Ich glaube, es verjagt die Angst, wenn man vom Tod spricht. Ich empfinde es so.»

«Es hilft dir?» fragte Bärenbach.

«Ja», sagte Hanuš. «Vor jedem Einsatz denke ich, daß es mich erwischt. Im Kampf selbst bin ich ohne Furcht.»

«Es wird keinen geben», sagte Bärenbach, «den die Angst verschont.»

«Meinst du, Boris?»
«Ja», sagte Bärenbach.
«Auch nicht Bretislav?»
«Nein!» sagte Bärenbach. «Der eine zeigt die Furcht, der andere verschweigt sie. Ein guter Offizier zeigt sie nie.»
«Du zeigst sie auch nie, Boris.»
Bärenbach schwieg. Hanuš hatte die Wunde aufgerissen, die wohl Heimweh hieß, dieses Gefühl, das sehr weh tat. Rosel, dachte Bärenbach, Hilde und Ida, die Mädchen – und Josef. So stark war die Sehnsucht nach diesem Jungen, den er nur als Kleinkind kannte. Josef...
Immer hatte er sich einen Jungen gewünscht! Er liebte seine Mädchen, er liebte sie sehr, aber ein Junge war sein Herzenswunsch gewesen. Schon das erste Kind sollte ein Junge sein. Aber das hatte er seiner Frau nie gesagt, um sie nicht zu verletzen.
Und er war froh, als Hanuš nicht mehr sprach und wohl dachte, daß er schlafen wollte. Aber die Erinnerung konnte ein Abgrund sein...

6

Mitten zwischen Bärenbachs Schulterblättern hatte der Karbunkel gesessen, hühnereigroß. Ohne Narkose war er geschnitten worden, weil wieder Äther fehlte. Dann lag Bärenbach in Manjas Kammer, da auch ein Teil des Stabes im Dorf untergebracht war und die Funker.
Bärenbach schlief schlecht in dieser Nacht, und er erwachte oft. Dann mochte es vier sein oder fünf. Oder auch nach fünf.
Die Hähne schliefen wohl noch, nur die Hunde hörte er. Sie schienen seltsam unruhig zu sein, sie bellten mehr als an einem anderen Morgen. Bärenbach horchte in die Nacht hinein.
Die Hunde? Die Hunde!
Bärenbach schnellte hoch, noch ehe er Manjas Stimme auf der Treppe hörte.

«Jesus Maria», rief sie, «die Deutschen sind da! Die Deutschen sind da!»

Mit wahnsinniger Schnelligkeit zog er sich an, obwohl der Schmerz im Rücken wie ein Messer wühlte. Er ergriff seine MPi, schob zwei Handgranaten in die Taschen seines Mantels und lief vor das Haus.

Er sah sie sehr deutlich, trotz ihrer weißen Schneehemden mit den Kapuzen. Sie kamen von zwei Seiten den Hang herab und sehr schnell. Und sie mußten alle Posten getötet haben, ohne bemerkt worden zu sein.

Aus den Nebenhäusern liefen Iwan, der Funker und ein paar Männer vom Stab, unter ihnen Ondrej, der Stabschef.

Die Deutschen waren ohne Laut gekommen, aber die Hunde hatten sie doch gewittert.

Bärenbach hockte sich hinter die Wand des Hauses. Die Gegner waren nun nur noch dreißig Schritte entfernt.

«Halt!» schrie Bärenbach auf deutsch. «Keinen Schritt weiter!»

Er feuerte fünfzehn bis zwanzig Schuß in Richtung der Angreifer, die sich zu Boden warfen, so daß es den Partisanen gelang, sich hinter die nächste Hausecke zurückzuziehen.

Die Deutschen erhoben sich wieder, liefen im Schutz der Zäune und Häuser weiter und feuerten mit ihren Karabinern aus den Hüften.

Da kommandierte Bärenbach: «Erstes MG nach rechts, zweites MG nach links, auf mein Kommando Feuer!»

Die Gegner warfen sich wieder zu Boden, um dem Feuer der Maschinengewehre zu entgehen. Aber ihre Offiziere erkannten die List schnell.

Da hagelte Leuchtspur- und Brandmunition vom gegenüberliegenden Hang auf die Häuser des Dorfes herab. Eine Scheune begann zu brennen, eine zweite, ein Haus, ein weiteres, ein drittes.

Im hellen Schein des brennenden Dorfes drangen weitere Soldaten in das Dorf ein. Frauenschreie gellten durch das Dorf, schrille, kreischende.

Bärenbach feuerte, er schoß sehr ruhig, und jeder Schuß traf, weil er die Angreifer wie Zielscheiben sah.

Manja trat hinter ihn. Sie mußte vom Stall gekommen sein. Und genau in diesem Augenblick geschah es: Manja schrie auf, stürzte. Sie krallte ihre Finger in den Schnee und stöhnte. «Jesus Maria...» Dann lag sie still.

Bärenbach wälzte sie auf den Rücken, sah, daß sie noch lebte, aber die Kugel war gewiß tödlich, denn der Blutfleck wurde größer und größer auf ihrem Pullover. Bärenbach hielt Manja im Arm.

«Den Jungen...», flüsterte sie, und ein dünner Blutfaden rann ihr aus dem Mund. «Nimm den Jungen mit! Sie töten alle männlichen Bewohner in diesem Dorf. Sie schonen keine Kinder, keinen Jungen!»

Blut füllte ihren Mund. Sie krallte sich mit den Fingern an Bärenbachs Schultern fest.

«In den Wald», schrie Ondrej neben ihm. «In den Wald!»

Die Männer des Stabes liefen an Bärenbach vorbei und auch der Funker Iwan. Ondrej lag im Schnee und feuerte auf die Deutschen, die immer näher kamen.

Bärenbach erblickte Jan, der mit offenem Mund vor der Mutter stand, reglos, die Tränen liefen ihm über die Wangen.

Manja konnte Bärenbach nur noch ansehen. Flehen lag in ihren Augen.

«Ja», sagte Bärenbach, «ich nehme ihn mit.»

«Lauf!» schrie Ondrej.

In diesem Augenblick, mitten im Schrei, traf Ondrej die Salve in den Kopf. Sein Hirn spritzte an die Hauswand. Bärenbach spürte ein Würgegefühl in der Kehle und dann, als er zu Manja hinabblickte, als er in starre Augen sah, griff er nach dem Jungen und stürzte hinter dem Haus dem Wald entgegen.

Sie kamen nicht schnell voran im hohen Schnee. Jetzt, dachte er, wird mich eine Garbe in den Rücken treffen. Jetzt! Solch ein Gefühl hatte er auch damals im Tunnel gehabt. Aber jetzt war es noch stärker.

«Wenn ich stürze», keuchte er dem Jungen ins Gesicht, «dann lauf weiter den Hang hinauf. Lauf! Lauf! Sieh dich nicht um! Lauf!»

Wie lang konnten zehn Meter sein! Zehn Meter im knietiefen Schnee! Und sie waren schon am gegenüberliegenden Gartenzaun. Aber sie mußten damit rechnen, daß Bärenbach hinter dem Haus auf sie lauern würde. Also waren sie vorsichtig. Sie waren tapfer, aber nicht tollkühn. Und Iwan schoß, bis Bärenbach die schützenden Bäume erreichte.

Der Wald! Der Hang!

Bärenbach warf sich hinter den Stamm einer Buche am Hügelhang. «Lauf weiter!» schrie er dem Jungen zu. «Immer geradeaus den Hang hinauf. Ich folge deiner Spur.»

Bärenbach zog die Handgranaten ab. Er war ein guter Werfer, selbst im Ausbildungslager in Ufa hatte ihn keiner übertroffen. Auf fünfzig Meter traf er jeden Zielkreis.

Die Verfolger schlichen um das Haus, sichernd, gebückt laufend, den Karabiner schußbereit. Der eine beugte sich über den toten Ondrej, ein anderer wies auf die frische Spur, die zum Hang führte.

Kommt! dachte Bärenbach. Kommt schneller! Kommt doch schon!

Er wartete, bis sie in die Spuren seiner Stiefel traten. Es waren neun Mann. Die eine Handgranate, dachte Bärenbach, muß ich kurz werfen, die andere weiter. So bekomme ich alle. Den Rest schafft die MPi.

Er warf die Handgranaten schnell hintereinander, und selten waren es so gute Würfe gewesen. Ich habe sie alle erwischt, dachte er, alle. Da bogen neue Verfolger um das Haus, warfen sich aber, als sie die Toten sahen, blitzschnell in Deckung. Ihre Kugeln surrten an Bärenbach vorbei. Doch Bärenbach schoß nicht zurück. Unbeweglich lag er hinter dem Stamm. Je höher der Junge gelangt, dachte er, um so besser ist es, denn ich bin schneller. Und weit hinauf werden sie uns nicht folgen. Er lag, und er wartete, und er zitterte, als er die Schreie von Frauen hörte, die die Schüsse im Dorf übertönten. Die Schreie trieben ihm eine Gänsehaut über den Rücken. Lauf, Junge, dachte er, lauf! Blick dich nicht um! Lauf!

Kugeln zischten an ihm vorbei, schlugen in die Stämme

neben ihm, und wenn sie die Zweige trafen, rieselte der Schnee herab. Wer hatte die besseren Nerven? Die Männer vor ihm oder er?

Da sah er den erhobenen Arm, dann folgte der Mann, und dem Mann folgten die anderen. Sie liefen dem Hang entgegen, aber sie schwärmten aus, warfen sich hin, stürmten vorwärts, warfen sich wieder hin. Ich bekomme sie nicht alle, dachte Bärenbach. Und wenn ich sie nicht alle treffe, folgen sie mir weiter, mir und dem Jungen.

Dann aber schoß er doch. Er schoß das ganze Magazin leer, und er traf zwei Männer, noch ehe sie die nächste Deckung erreichten, und er traf einen Offizier, als er den Arm hob und aufsprang. Zwei Handgranaten, dachte er, hätte ich nur noch zwei! Er durfte nicht länger warten, er mußte den Hang hinauf, denn in einer Entfernung von vielleicht fünfzig Metern hatten drei Soldaten den Rand des Waldes erreicht. Er kroch auf dem Bauch zurück, so eng an den Boden gepreßt, wie es nur ging, und er schoß nicht mehr zurück. Dann, als er das Dickicht erreichte, folgte er der Spur des Jungen, und im Laufen wechselte er das leere gegen ein gefülltes Magazin aus.

Hinter ihm stand das Dorf in Flammen. Der Lichtschein machte die Nacht zum Tag. Eine brennende Gestalt wälzte sich im Schnee. Kinderstimmen gellten aus einem Haus. Schrilles Geheul folgte Schüssen.

Eine Sekunde lang schloß Bärenbach die Augen. Eine Vision... Manja, Manja war Rosel. Rosel war Manja. Beide waren tot. Er riß die Augen wieder auf, hastete weiter, und je höher er gelangte, um so sicherer wurde er, daß er den Jungen retten konnte. Und er wußte auch, daß er sein Leben für ihn opfern würde, wenn die Verfolger in seinem Rücken blieben. Er war es Manja schuldig und auch dem Dorf.

Vor sich sah er den Jungen laufen, er lief in den Spuren der Männer vom Stab, er lief schneller, als es Bärenbach erwartet hatte, und er blickte nicht zurück. Bärenbach erreichte ihn keuchend.

In seinem Rücken verhallten die Schüsse, die Schreie.

Der Junge zitterte, und Bärenbach wärmte ihn einen Augenblick lang mit seinem Körper, aber er begriff, daß es nicht der Frost war, der den Jungen durchschüttelte.

«Ruhig, ruhig», sprach er in das Haar des Jungen, «Boris ist bei dir.»

Die Tränen des Jungen schienen an den Wimpern erstarrt zu sein.

Später trug er ihn auf seinen Armen. Jan war sehr leicht, ein zierlicher Junge. Keiner mochte denken, daß er ein Landkind war. Doch mit jedem Schritt schien er schwerer zu werden.

Hinter dem Hang aber begann der Berg, er war bewachsen bis zum Gipfel. Und kein Verfolger würde sich hinaufwagen.

In der Nacht im Bunker wärmte er den Jungen mit seinem Körper. Im Dunkeln hatte Jan geweint, aber dann war er eingeschlafen, und er lag so dicht an Bärenbach gepreßt, daß dieser sich nicht zu bewegen wagte, um den Jungen nicht wieder zu wecken. Wären wir nie in sein Dorf gekommen, dachte er, so könnte seine Mutter noch leben. Der Gedanke schmerzte. Schuld schmerzt immer. Aber es war Krieg. Die Schuld hatte ein anderes Gesicht als in der Zeit, wo Frieden herrschte. Wir geben unser Blut für dieses Land, dachte Bärenbach, obwohl es nicht unser Land ist. Wir alle, die in diesem Erdbunker liegen, können schon morgen tot sein. An eine Schuld zu denken war sicher falsch. Und doch blieb der Gedanke hinter seiner Stirn, nicht löschbar. Er dachte an seine Frau, er dachte an seine Kinder in dieser Nacht, aber besonders dachte er an seinen Sohn, von dem er nicht wußte, wie er aussah, weil er ihn, als er ein Kleinkind war, verlassen mußte. Er dachte wieder an diese letzte Nacht, die letzte Nacht in Prag. Er hatte Sehnsucht nach seiner Frau und den Mädchen, doch ganz stark brannte es in ihm, wenn er an den Jungen dachte.

Jan erwachte an seiner Schulter. Im Dämmerlicht des Bunkers wirkten seine Augen groß und ängstlich wie die Augen eines Nachtäffchens.

Ich muß ihm etwas erzählen, dachte Bärenbach, ich muß ihn ablenken. Karel schlief noch, auch Zdeněk, auch Wsewolod, auch Hanuš. Aber was erzähle ich ihm? Ein Märchen werde ich nicht über die Lippen bringen in diesen Bergen. Aber dann wußte er doch eine Geschichte.

«Ich werde dir die Geschichte von der schönen Johanka erzählen, Jan.»

«Wer ist das?»

«Im Wasserschloß Červena Lhota – im roten Wasserschloß – soll sie gelebt haben.»

«Wo steht das Schloß, Boris?»

«In Südböhmen. Ich bin einmal dort gewesen. Eine urwüchsige Landschaft mit vielen Mooren, mit einem üppigen Pflanzenwuchs, mit vielen Seen und Flüssen. Und in der Nähe des Schlosses – ich glaube, der Ort hieß Dirna – soll ein anmutiges Mädchen gewohnt haben, das Johanka hieß. Und auf dem Schloß lebte der junge Guntram Kaba mit seinem Vater. Und dieser Guntram und die Johanka spielten als Kinder zusammen, und als sie groß waren, liebten sie sich. Aber sie konnten sich nicht heiraten.»

«Warum nicht, Boris?»

«Beide Familien gehörten verschiedenen Religionen an. Das war damals schlecht. Und um die beiden endgültig zu trennen, schickte Guntrams Vater seinen Sohn in einen Feldzug. Das aber hat die schöne Johanka erfahren. Und einen gewaltigen Groll hegte sie gegen den Vater ihres Liebsten. Auf eine grausame Rache sann sie nun. Tag und Nacht überlegte sie.»

«Und was hat sie nun gemacht, Boris?»

«Warte doch, Jan, es wird alles erzählt.»

Wenn ich nur nicht so müde wäre, dachte Bärenbach, als er weitersprach. «Also zeigte die schöne Johanka den Vater Guntrams beim Gericht an. Wegen seines Glaubens wäre er ein Rebell gegen die Obrigkeit. Da hat man den alten Kaba in den Kerker geworfen. In einen tiefen Turm ohne Licht, bei Wasser und Brot hat er gesessen.»

«Und wie ging es weiter, Boris?»

«Nun also kehrte Guntram zurück aus dem Feldzug, und er nahm Johanka zur Frau.»

«Das ist eine schöne Geschichte, Boris.»
«Aber sie geht noch weiter, Jan.»
«Noch weiter?»
«Johanka bekam einen Sohn. Und aufs Haar glich er seinem Großvater, dem alten Kaba. Da aber traf die Nachricht ein, daß der alte Kaba im Gefängnis gestorben sei. Nun wurde die schöne Johanka von Furcht gepackt.»
«Warum, Boris?»
«Ja, mein Junge, denk mal nach. Wenn nun, dachte Johanka, Guntram erfährt, wer seinen Vater in das Gefängnis gebracht hatte? Tag und Nacht quälte sie die Furcht. So konnte sie nicht mehr schlafen. Sie lief mit bleichem Gesicht herum und nahm ab. Und Guntram dachte, daß sie krank wäre. Aber sie war es nicht. Jede Nacht lag sie neben Guntram und zitterte. In einer stürmischen Sommernacht, als sich die Bäume im Winde bogen und der Sturm heulte, kam sie um den Verstand. Leise erhob sie sich, trat zum Fenster heran und stürzte sich in die Tiefe.»
«Das ist traurig, Boris. Aber warum heißt es das rote Schloß?»
«Nun ja, Jan. Ich denke, der Name wird auf die rote Ziegelbedeckung der Dächer zurückgeführt. Aber die Legende erzählt etwas anderes. Entlang der Außenwand, wo die schöne Johanka gesprungen ist, soll sich ein breiter roter Blutstreifen gezogen haben. Und selbst nach dem Übertünchen soll er nicht verschwunden sein. Dieser Blutstreifen also gab dem Schloß seinen Namen.»
Der Junge dachte nach.
«Es ist gar nicht so kalt hier oben, Boris.»
«Warte nur, Junge, wenn du vor den Bunker trittst. Der Frost beißt dir die Nase ab.»
Wsewolod war erwacht. Er lächelte den Jungen an und winkte ihn zu sich. Dann nahm er seine Mundharmonika aus der Tasche und setzte sie an den Mund.
Er spielte leise, spielte Lieder, die von der Steppe erzählten, von dem reifen Korn, von den Mädchen, vom Lachen und von der Traurigkeit.
Der Junge saß neben ihm auf der Pritsche und hörte ihm

zu, und all das Elend, das ihn getroffen hatte, schien in diesen Minuten vergessen zu sein.

Aber auch die anderen im Bunker hörten zu, denn Wsewolod spielte nicht oft, und wenn er spielte, wollte keiner fehlen. Leise summte Hanuš ein Lied mit.

«Gut habt ihr es hier oben», sagte der Junge.

Die Männer blickten sich an. Keiner wußte, ob er ernst blicken sollte oder lächeln.

Der Junge ging im Bunker herum, betastete die Waffen und spielte mit der Petroleumlampe.

«Gibst du mir deine Mundharmonika?» fragte er plötzlich Wsewolod, der schmunzelnd nickte.

Der Junge führte das Instrument an die Lippen.

«Ticho», sagte Wsewolod.

«Leise», übersetzte Bärenbach. «Nur ganz leise, mein Junge, denn der Wald hat Ohren.»

«Ich bleibe bei euch», sagte der Junge, als er die Mundharmonika wieder absetzte.

Hanuš kratzte sich am Kopf. «Bei uns, mein Junge, fressen dich die Läuse und die Flöhe, weil wir uns nicht waschen können und unsere Kleidung. Und wir müssen immer herumziehen wie Zigeuner.»

«Das macht Spaß», rief der Junge. «Ich komme immer mit, und ihr zeigt mir, wie man schießt. Eine Pistole kann ich schon halten. Ich mache es mit beiden Händen. Und ich finde es schön, wenn man sich nicht so oft waschen muß.»

Die Männer lachten. Aber Bärenbach lachte nicht, er lächelte nicht einmal, eine große Traurigkeit hielt ihn gepackt.

Der Junge, dachte er, dieser Junge. Was weiß er vom Leben. Und wenn ich ihn zu mir nehme nach diesem Krieg? Aber wer weiß schon von sich, ob er ihn übersteht.

«Sag doch was», rief der Junge.

Hanuš zuckte mit den Schultern, und Wsewolod mußte erst warten, bis ihm Bärenbach die Worte des Jungen übersetzte.

Von einer Minute zur anderen kann alles anders sein,

dachte Bärenbach. Náco... Eben noch war er vor ihm hergegangen und in der nächsten Sekunde tot in den Schnee gestürzt. Wir werden den Jungen nicht mit herumschleppen können. Und heute noch wird es weitergehen, werden wir die schützenden Bunker verlassen müssen, die besser sind als viele andere, in denen wir gelebt haben. Wir werden Stunden marschieren, werden ein Dorf besetzen, werden keinen herauslassen, nur hinein, bis wir weiterziehen, werden uns warm waschen, werden die Kleidung auskochen. Aber das alles ist kein Leben für diesen Jungen.

«Sie kommen!» flüsterte Hanuš.

Bärenbach lag mit seiner Gruppe in einem alten Buchenwald, an einem Steilhang, dicht in der Nähe des Dorfes, das sie besetzt hatten. Er befehligte vierzig Mann.

Der Morgen graute, und von Minute zu Minute wurde die Sicht besser. Die Wlassowleute kamen zu Pferd. Es mußten weit über hundert Mann sein, und sie trugen gefütterte Uniformen, die außen weiß und innen grau waren. Ein Gendarm hatte Bretislav die Nachricht zukommen lassen über einen Bauern, daß sie im Morgengrauen angreifen wollten. Ausgesuchte Männer sollten es sein, auf Partisanenbekämpfung gedrillt.

«Pferde», flüsterte Hanuš, «Pferde. Herrliche Pferde, Boris! Schwarze, braune!» Er war ein Pferdenarr und konnte nie zusehen, wenn sie geschlachtet wurden.

Sie konnten alles bedeuten, diese Pferde. Man konnte sie eintauschen bei den Bauern gegen Eßwaren, gegen Zigaretten, Pferde bedeuteten außerdem Fleisch, und aus den Sätteln konnte man Schuhsohlen schneiden.

Aber es waren über hundert Mann. Sie ritten durch das Tal herauf.

«Nicht auf die Pferde schießen», kommandierte Bärenbach, «nur auf den einzelnen Mann. Und jeder Schuß muß sitzen, weil der erste Feuerschlag der entscheidende ist.»

Brachen sie vor bis zu ihrer Stellung, bedeutete das den Nahkampf. Aber Bärenbach wollte keinen Mann verlieren, nicht einen. Und die Wlassowleute kämpften gut.

Der Offizier an der Spitze hob den Arm. Er trug einen Schnauzbart, einen schwarzen. Den nehme ich, dachte Bärenbach. Besser wäre es gewesen, sie hätten eine Attacke geritten. Nun sitzen sie ab, werden uns zu Fuß angreifen. Aber so bekommen wir die Pferde unverletzt.

Die Wlassowleute schwärmten aus und stürmten unter lautem «Urra»-Gebrüll auf den Hang zu, wo Bärenbach mit seinen Männern lag.

Dreißig Meter, dachte Bärenbach, bis auf dreißig Meter lassen wir sie heran. Erst dann gebe ich den Feuerbefehl. So finden auch die schlechten Schützen ihr Ziel. Wir können keine Salven feuern, weil wir die Munition brauchen. Jeder von uns weiß das.

Immer deutlicher sah er das Gesicht des bärtigen Offiziers. Er würde mitten hinein schießen in dieses Gesicht.

«Kommt nur!» flüsterte Hanuš.

Bärenbach warf ihm einen Blick zu. Hanuš war wie ein

Jagdhund vor dem Kampf, immer, er konnte ihn nie ruhig erwarten. Sein Finger am Abzug zuckte, aber er riß ihn nicht durch, er schoß nie zu früh, er war ein ausgesprochen disziplinierter Soldat. Bärenbach lief das Wasser im Mund zusammen, wenn er an das Fleisch der Pferde dachte. Nur Hanuš würde es nicht essen. Ein Mann wie Hanuš, der wochenlang nur Suppe aß!

Fünfzig Meter!

Vierzig!

Fünfunddreißig!

Dreißig!

«Feuer!» schrie Bärenbach. Noch ehe das Echo seines Befehles an den Hängen verhallte, fielen die Schüsse. Es klang wie ein einziger gewaltiger Schuß. Dann detonierten die Handgranaten.

Dem Kampfgeschrei der Angreifer schien der Atem genommen worden zu sein. Dreißig Wlassowleute waren sofort tot, einige wälzten sich schreiend am Boden, ein paar standen mit verstörtem Blick, die Hände erhoben, und der Rest rannte zu den Pferden, in wilder Flucht, bei der noch manchen die Kugel erreichte.

Hanuš war aufgesprungen. «Wir haben Pferde, Boris! Wir haben viele Pferde! Wir haben schöne Pferde!»

Sie konnten nicht alle fangen, weil einige Tiere den flüchtenden Reitern gefolgt waren.

Hanuš führte einen Braunen heran, der den Kopf an seiner Schulter rieb.

«Am liebsten», sagte Hanuš, «nähme ich ihn mit in mein Dorf.»

Die Gefangenen bekamen in den folgenden Wochen als Träger ihre Chance, und es gab nicht einen unter ihnen, der sie nicht nutzen oder wieder fliehen wollte. Aber diese Gefangenen erforderten auch eine doppelte Wachsamkeit. Einer, der blond war wie Sergej und noch sehr jung, vielleicht gerade erst achtzehn, zog den Jungen auf einem Schlitten mit. Sie sprachen beide miteinander, ohne sich zu verstehen.

7

Sie zogen zurück in ein ehemaliges Operationsgebiet, das unter einem Gipfel lag, der eine schneebedeckte Pyramide zu sein schien, die über das unüberschaubare Waldmeer herausragte. Sie bezogen ihre alten Bunker, die noch unversehrt standen. Eine kurze Verschnaufpause sollte es für alle geben, ehe, Nacht für Nacht, wieder die Aktionen begannen.

Nur für Bärenbach würde es keine Verschnaufpause geben und für Zdeněk, denn Bretislav hatte entschieden, daß Jan zu Menschen gebracht werden sollte, wo er in Sicherheit war. Bärenbach hatte an Imrich gedacht! Imrich! Bei ihm würde er den Jungen lassen können. Aber Imrichs Dorf lag einen Tagesmarsch entfernt.

Nur, wenn der Junge diesem Marsch nicht gewachsen war? Aber mit einem Schlitten, auf dem sie Verwundete transportierten, würde es gehen. Konnte der Junge nicht mehr laufen, würden sie ihn auf dem Schlitten abwechselnd ziehen; Bärenbach und Zdeněk. Hanuš würde Bärenbachs Gruppe führen, bis er zurück war.

Sie brachen früh auf, und sie waren froh, daß es nicht schneite. Die Morgennebel lagen dick auf den Schneeflächen. Sie hielten sich von den Dörfern fern auf ihrem Marsch. Jan lief hinter Bärenbach. Wenn sie standen, um auszuruhen, rieb Bärenbach den Jungen ab, denn selbst unter den Handschuhen schienen seine Finger zu erstarren.

Die Sonne schien nur kurz am Vormittag, dann bedeckte sich der Himmel, wurde trübe, und man konnte den Schnee in der Luft förmlich riechen. Nur kein Schneetreiben, dachte Bärenbach, im Schneetreiben wären wir ohne Bunker verloren.

Einmal hörten sie Schüsse in einem Tal. Aber das Tal lag sehr fern. Bärenbach lief in der Uniform der Roten Armee, Zdeněk trug Zivil, eine lange braune Jacke. Jan hatte eine Pelzmütze der Roten Armee auf. Die Mütze hatten sie ausgestopft, damit sie ihm nicht über die Ohren rutschte. Aber auf dem Schlitten hüllten sie den Jungen in zwei Dekken und in einen Militärmantel, den «Schipka», der Bulgare, getragen hatte, ehe er gefallen war. Man sah das Einschußloch in der Brust, wenn die Decken verrutschten, weil sich der Junge oft bewegte.

Sie rasteten nur kurz und liefen den ganzen Tag lang. Manchmal weinte Jan. Die Männer wollten nicht sprechen, aber der Junge wohl auch nicht. Sie liefen nach der Karte und erreichten in der Dämmerung ihr Ziel. Vor sich sah Bärenbach das Hochtal liegen mit dem Dorf, Imrichs Dorf.

Anders lag es vor ihm als an jenem Morgen, bevor ihn der Lastwagen nach Banská Bystrica gebracht hatte. Auf seinen Dächern lag nun Schnee, und die Hügel, die es begrenzten, waren wie mit einer weißen Decke verhüllt. Auch die Berge dahinter waren weiß und blaugrün, wo sie der Hochwald überzog. Aber das Blaugrün war weiß gefleckt.

Das Tal lag wie verloren in der beginnenden Dämmerung, und wenn man es sah, konnte man denken, daß die Nachrichten vom Krieg nicht bis hierher gedrungen waren. Aber es konnte durchaus sein, daß es Kontaktmänner anderer Partisaneneinheiten gab.

Bärenbach blickte nach den Tüchern an den Simsen, wie er sie von anderen Dörfern kannte, die den Partisanen halfen. Er sah sie nicht, er sah überhaupt keinen Menschen, er sah nur den Rauch, der aus den Schornsteinen stieg.

Ein vergessenes Tal, dachte Bärenbach. Sie standen hinter den Tannen und warteten auf die Dunkelheit, in deren Schutz sie zu Imrichs Haus gelangen würden.

Jan stand neben dem Schlitten, er trat von einem Bein aufs andere, und er schlug die Arme über der Brust zusammen.

«Frierst du?» fragte Bärenbach.

«Ein wenig», antwortete Jan, «aber auf dem Schlitten habe ich mehr gefroren.»

Der Junge wird den Tod der Mutter erst nach und nach begreifen, dachte Bärenbach. Er ist nun ganz allein. Wie klein und verloren er im Schnee wirkt. Warum habe ich gerade an Imrich gedacht?

Bärenbach fühlte sich verbunden mit diesem Jungen, auf eine ihm unerklärliche Art und Weise, empfand ein Gefühl für ihn wie für den Sohn, der so aussehen müßte wie dieser Jan.

Er drückte den Jungen an sich. Jan umschlang ihn mit seinen Armen. Dann rieb Bärenbach ihn ab. Zdeněk sah ihm zu, sein hageres Gesicht blieb unverändert. Er drehte sich eine Zigarette, nachdem er einige in einen Lappen gewickelte Buchenblätter zerbröckelt hatte, und sah in das Tal hinab.

«Der Junge», sagte er abfällig, «ist kein Baby mehr.»

«Aber Waise ist er durch unsere Schuld», antwortete Bärenbach gereizt.

Zdeněk winkte ab. «Schuld? Es ist Krieg, es ist ein gnadenloser Krieg. Der einzelne ist nur eine Ameise.»

«So kann man das nicht sehen, Zdeněk», sagte Bärenbach. «Auch im Krieg darf das Herz nicht härter werden gegen den, der es nicht verdient. Glaub mir das.»

«Jedes Dorf», sagte Zdeněk, «das uns hilft, kennt das Risiko. Also, was willst du? Es ist Krieg. Und im Krieg gibt es den Sensenmann. Du hättest Jan auch im Dorf lassen können. Das Leben ist eine Sanduhr, nur ist sie für jeden anders gefüllt. Die eine läuft schnell ab, die andere langsamer.»

«Nein», sagte Bärenbach.

«Wenn wir aus jedem Dorf die Waisen mitschleppen und sie dann über die Dörfer verteilen, können wir nicht mehr kämpfen, Boris. Warum also diese Ausnahme?»

«Seine Mutter ist für uns gestorben», sagte Bärenbach.

«Für uns sterben viele», sagte Zdeněk. «Und wir sterben auch für sie. Das vergißt du. Wenn wir zwei auf dem Rückweg einer Patrouille in die Arme laufen, fehlen uns zwei Kämpfer und mit dir, Boris, sogar ein Offizier, einer unserer Besten. Und das für einen Jungen, der noch nichts begreift.»

Bärenbach blickte vor sich in den Schnee. «Wenn wir alle so dächten», sagte er leise, «brauchte uns keiner mehr zu helfen in den Dörfern.»

«Ist ja gut», sagte Zdeněk. «Ist ja gut. Leg meine Worte nicht so auf die Goldwaage. Man hat einfach mal die Schnauze voll. Von allem.»

Bärenbach nickte. Er beobachtete Zdeněk aus den Augenwinkeln. Die Erschöpfung hatte sich in sein Gesicht gegraben. Es würde besser sein, eine Nacht im Stall zu schlafen, ehe sie zurückgingen. Aber wenn Imrich Jan nicht aufnahm? Hatte er überhaupt an diese Möglichkeit gedacht? Jeder kam an einen Punkt wie dieser Zdeněk. Jeder. Warum war er sich so sicher? Kannte man in Stunden einen Mann? Aber es gab Männer, die man nach Minuten kannte, als wären es Jahre gewesen, die man miteinander verbracht hatte. So ein Gefühl hatte er bei Imrich gehabt.

Als es endgültig dunkel wurde, stieg er allein hinab und, obwohl er sich mit großer Vorsicht bewegte, schlugen die Hunde an. Aber vielleicht war selbst das Knirschen des Schnees unter seinen Füßen schon ein zu lautes Geräusch gewesen. Die Hunde in diesen Tälern hatten feine Ohren, man konnte sie nicht täuschen.

Bärenbach ging um Imrichs Haus herum. Noch ehe er klopfen konnte, wurde die Tür geöffnet, und Imrich spähte in die Nacht.

«Boris», sagte Bärenbach, «der vom Himmel fiel.»

Imrich verharrte einen Augenblick lang, kniff die Augen unter den buschigen Brauen zusammen, dann zog er Bärenbach ins Haus.

«Boris!» stieß er hervor und umarmte Bärenbach. «Komm in die Stube!»

«Draußen stehen noch zwei», sagte Bärenbach.

«Hol sie herein! Schnell!»

Bärenbach zögerte. «Da gibt es etwas zu bereden», sagte er leise.

«Spuck es aus!» sagte Imrich.

«Die SS hat vor Tagen ein Dorf überfallen...»

«Wir wissen es», sagte Imrich. «Sie haben jeden Mann erschossen und jeden Jungen. Jedes männliche Wesen. Diese Verfluchten...»

«Einen nicht», sagte Bärenbach, «einen Jungen.»

«Er ist davongekommen?»

«Er steht draußen zwischen den Tannen mit einem von uns. Er ist jünger als dein Sohn. Er ist allein, die Mutter ist erschossen worden. Wir haben ihn bei uns gehabt, in einem Bunker. Aber es ist zu gefährlich. Er ist ein Kind, unser Leben ist nichts für Kinder.»

«Bring ihn», sagte Imrich.

«Und du weißt, daß er dann...»

«Ja», sagte Imrich, «das ist völlig klar. Ernähre ich einen, ernähre ich auch zwei. Und drei hätte ich gehabt, auch gewollt.»

«Ich wußte es», sagte Bärenbach.

Er umarmte Imrich, aber der löste sich von ihm. Hinter sich vernahm Bärenbach ein Geräusch: Es war Zatko.

«Du bekommst einen Bruder», sagte Imrich.

Zatko begriff die Worte nicht.

«He, Mutter», rief Imrich in die Küche. «Mach Abendbrot für drei Mann, koch Tee, und stell den Selbstgebrannten raus.»

Er wandte sich an Bärenbach. «Ihr bleibt doch auch die Nacht?»

Bärenbach zögerte. «Bevor es Morgen wird, müßten wir zurück. Sehr früh.»

Sie saßen am selben Tisch, in den Imrich das lange Messer gestoßen hatte am Morgen nach Bärenbachs Landung.

Bärenbach erinnerte sich an diesen Morgen. Die Frau saß neben Jan, streichelte ihn und schwatzte auf ihn ein, als er nicht mehr essen wollte.

«Nimm doch», sagte sie.

«Er wird müde sein», sagte Imrich.

«Komm, Jan», sagte die Frau.

Ich werde ihn nicht mehr sehen, dachte Bärenbach, diesen Jungen. Ich kann morgen sterben oder in einer Woche, aber wenn ich nicht sterbe, werde ich ihn wiedersehen. Gewiß. Wenn er morgen aufwacht, bin ich mit Zdeněk in den Bergen. Schon lange. Er bemerkte Zatkos Augen, die immer zu Zdeněk blickten.

«Mach es gut, Jan», sagte er.

Der Junge drückte seine Hand, aber er begriff wohl nicht, daß Bärenbach am Morgen nicht mehr da sein würde. Er verabschiedete sich, als ob es ein gewöhnlicher Abschied war, als ob man sich am Morgen wiedersehe.

«Wir schlafen im Stall», sagte Bärenbach, und er sagte es so, daß Imrich nicht widersprechen konnte.

Während Zdeněk noch aß, trug Bärenbach die Sachen in den Stall. Zatko folgte ihm.

Der Stall war nicht groß, aber im Heu würden sie gut schlafen können. Das Heu war warm, und die Geräusche der Tiere schläferten ein.

Er bereitete das Lager für sich und Zdeněk. Zatko sah ihm zu. Als Bärenbach hochblickte, bemerkte er, daß der Junge sprechen wollte.

«Weißt du, Boris», sagte Zatko, «daß ich den Zdeněk schon gesehen habe?»

Bärenbach lächelte. «Ach was, Junge. Der ist nicht aus eurer Gegend hier.»

«Aber ganz bestimmt», sagte Zatko. «Es ist nicht lange her.»

«Und wann hast du ihn gesehen?» fragte Bärenbach erstaunt.

«Vor ein paar Wochen vielleicht. Ich weiß es genau, weil ich mit Vater in die Stadt gefahren bin.»

Bärenbach runzelte die Stirn, als ihm der Junge den Namen der kleinen Stadt nannte. Damals, als sie unterwegs waren wegen der Medikamente, ging Zdeněk in diese Stadt, und er brachte Äther mit.

«Du hast ihn in der Stadt gesehen», sagte er zu Zatko, «das kann sein.»

«Nein», sagte Zatko, «er ist in ein Auto gestiegen. Es war weit vor der Stadt.»

«Er ist in ein Auto gestiegen?»

«Wirklich, Boris. Der Bus hatte eine Panne und fuhr nicht weiter. Alle mußten aussteigen, dabei war es zur Stadt noch ein Stück. Und Vater hatte Durchfall, er ging in die Schonung an der Straße, weißt du. Als es anfing zu schneien, habe ich mich zwischen die Tannen gestellt, weil Vater noch nicht zurück war. Plötzlich trat ein Mann aus dem Wald. Er hat mich nicht sehen können. Er blickte auch die Straße zurück, lief weiter und schaute sich immer wieder um. Aber sein Gesicht habe ich genau sehen können. Das war Zdeněk! Weißt du, ich habe mich nämlich gewundert, weil er gewinkt hat, als die Autos kamen, denn es waren doch Deutsche, und es war sogar die SS! Der kleine Wagen vor den Lastwagen hat gehalten. Zdeněk sprach dann in den Wagen hinein. Er sprach deutsch, ich konnte nicht verstehen, was er sagte, aber es war deutsch. Und dann ist er eingestiegen.»

«Er hat deutsch gesprochen?» fragte Boris.

«Ja. So wie du unsere Sprache sprichst. Wirklich, Boris.»

Eine nie vorher gekannte Kälte durchflutete Bärenbach. Die Kälte machte ihm die Kehle eng, minutenlang konnte er nicht sprechen.

Zdeněk, dachte er immer wieder, Zdeněk. Und mit einer rasenden Schnelligkeit glitt er in die Erinnerung zurück. Zdeněk... Aber Zdeněk hatte mit ihnen gekämpft, Schulter an Schulter... Doch wer wußte, wo er wirklich hinschoß im Gefecht? Und er dachte an den Angriff auf ihre Bunker, der so präzise erfolgte, als kannte der Gegner das Gebiet genau, in das er nie einen Späher geschickt haben konnte, und Aufklärungsflugzeuge waren nicht am Himmel gewesen. Und zweimal waren Gruppen in einen Hinterhalt geraten. Und einmal war Zdeněk der einzige gewesen, der zurückkehrte von einer Aktion. Der einzige... Andrej kam nicht wieder. Und dann das Dorf – der Überfall auf das Dorf. Und ihre Posten mußten lautlos getötet worden sein, obwohl sie sehr wachsam waren und versteckt standen. Aber die Deutschen schienen genau gewußt zu haben, wo sie sie überwältigen konnten und ohne Laut.

«Wie war er denn gekleidet, der Zdeněk?» fragte Bärenbach leise. Er blickte den Jungen nicht an bei seinen Worten. Er sah auf seine Hände, die er zusammenpreßte, daß die Gelenke knackten.

Zatko überlegte, ehe er antwortete. «Er trug die braune

dicke Jacke wie Vater, weißt du, die über den Po reicht. Und eine schwarze Mütze hatte er auf dem Kopf. Nichts Besonderes. Er trug noch einen Rucksack.»

Bärenbach zitterte unter einem erneuten Kälteschauer, weil er nun wußte, daß es Zdeněk gewesen sein mußte. Es bestand kein Zweifel mehr. Und der Hauptstab hatte über Funk gewarnt: Der Feind würde versuchen, Verräter einzuschleusen, und zwei Partisaneneinheiten wären vernichtet worden bis auf den letzten Mann. Unheimlich vorsichtig war er geworden, der Bretislav. Zdeněk... Mit einer unheimlichen Anstrengung versuchte sich Bärenbach zu erinnern. Die kleinste Episode konnte helfen. Zdeněk... Es ist gut, wenn einer Deutsch so sprechen kann wie du, hatte er einmal gesagt. Leider wäre ihm selbst nie die Möglichkeit geboten worden, es zu erlernen... Zdeněk... Es war unfaßbar für Bärenbach.

«Glaubst du mir nun?» fragte Zatko.

«Ja, ja», murmelte Bärenbach.

Er ergriff den Jungen bei den Schultern. «Sag Zdeněk nicht, daß du ihn kennst», sagte er.

«Warum nicht?» fragte Zatko.

«Er könnte sich erschrecken», sagte Bärenbach langsam, «weil er nicht vorsichtig genug war. Keiner soll uns erkennen bei einer Aktion. Und keiner soll wissen, daß wir Deutsch können.»

«Na gut», sagte der Junge. Offensichtlich begriff er diesen Boris nicht, aber er wollte ihn auch nicht verärgern. Eine geheimnisvolle Geschichte war das schon, Zdeněk hatte also die SS getäuscht?

Ich muß Zdeněk in die Augen blicken, als wäre nichts geschehen, dachte Bärenbach. Der Kommandeur und der Kommissar, sie allein können entscheiden. Und alle Partisanen. Und wenn Zdeněk ein Verräter war, wie viele hatte er auf dem Gewissen... Bärenbach wollte nicht weiterdenken, aber er sah Fechner in der Erinnerung und Andrej, er sah Janos, und er sah den Stabschef Ondrej, sah Gesichter von Kameraden, die im Boden dieser Erde begraben lagen, auf der er stand. Wie konnte er vor ihm herlaufen beim

Rückweg, vor diesem Zdeněk? Bärenbach würde nicht mehr lächeln können. Aber er mußte sich beherrschen! Wenn Zdeněk etwas ahnte und wenn er der Verräter war, würde Zdeněk ihn töten, ihn von hinten niederschießen.

Aber Zdeněk mußte der Verräter sein! Bärenbach hatte sich geschworen, ihn zu finden, diesen Verräter, aber nun machte ihn die Entdeckung nicht froh.

Zatko sprach auf ihn ein, aber er verstand seine Worte nicht, er nickte nur. Zdeněk! War er ein Deutscher oder ein Slowake? Ein SS-Mann oder ein Hlinkagardist? Aber auch die Verräter hielten den Widerstand gegen die Deutschen nicht auf. Sie konnten eine Partisanenabteilung vernichten, eine Gruppe. Aber um jeden Mann, den es traf durch Verrat, mußte man doppelt trauern, denn er hätte nicht fallen müssen. Zdeněk...

Später lag Bärenbach im Heu, und obwohl er müde war, schlief er nicht ein. Zdeněk neben ihm schlief tief und fest, er schnarchte leise.

Bärenbach verspürte einen Haß, der die Hand zum Messer führen wollte. Man müßte ihn wecken, diesen Zdeněk, der gewiß anders hieß, müßte ihm das Messer an die Gurgel setzen, bis er gestand. Alles. So müßte es geschehen. Und wenn er gestanden hatte, müßte man zustoßen.

Aber durfte er allein der Richter sein? Er – Bärenbach? Die Beschreibung der Kleidung konnte ein Zufall sein... Diese Straße und die gleiche Stadt... Es konnte keinen Zweifel geben!

Die tiefen, ruhigen Atemzüge Zdeněks verstärkten den Haß.

Bärenbach grub die Fingernägel in die Handflächen. Der Haß würde ihn wachhalten. Noch nie, dachte er, habe ich ihn so stark gespürt. Gewiß haßte er die Faschisten, aber er haßte sie als Masse – hier aber haßte er den einzelnen. Der einzelne hatte ein Gesicht – Zdeněk. Das Mondlicht erhellte es. Zdeněk bewegte im Schlaf die Lippen, dann wälzte er sich herum, lag mit dem Rücken zu Bärenbach. Beim ruhigen Atmen hoben und senkten sich seine Schultern. Mitten zwischen die Schulterblätter, dachte Bärenbach, mitten hinein müßte man das Messer stoßen. Aber das wäre ein zu leichter Tod, ein Geschenk, ein Tod ohne das Gericht der Kameraden.

Er bereute, daß sie noch diese Nacht geblieben waren, doch die Entscheidung hatte er gefällt, noch ehe er von Zatko alles erfahren hatte. Aber er brauchte ihn doch auch, den Schlaf. Er legte sich auf den Bauch und den Kopf auf den linken Arm, aber die Erregung hielt ihn wach, ließ ihn nicht zur Ruhe kommen. Einmal schlug ein Hund an. Bärenbach lauschte mit angehaltenem Atem, als ein zweiter folgte, ein dritter. Aber dann umgab ihn wieder die Stille, die Stille des Grübelns und des Hasses in einer Nacht, die nicht enden wollte. Minuten konnten lang sein wie Stunden. Zdeněk..., dieser mit einer ruhigen Gleichmäßigkeit atmende Zdeněk. Als ob er nicht eine Vielzahl von Kameraden auf dem Gewissen hatte! Aber es waren ja nicht Zdeněks Kameraden – es waren seine Todfeinde, er lebte nur mit ihnen, um sie vernichten zu können...

8

Es mochte vier Uhr sein, als er Zdeněk weckte, der sich wortlos erhob, ohne Murren. Sie öffneten leise die Stalltür und schritten den schmalen Trampelpfad hinauf, der bergauf führte bis zu einer Schonung. Bärenbach zog den Schlitten, und Zdeněk verwischte die Spuren mit einem Reisigbündel. Sie gingen denselben Weg, den sie gekommen waren, aber ohne miteinander zu sprechen. Zdeněk schien nicht wahrzunehmen, daß es ein wortloser Weg war, weil er die Erschöpfung des anderen kannte. Wer nicht sprechen wollte, den ließ man in Ruhe.

Erst am Mittag machten sie eine Rast. Hoch über sich sahen sie ein Geschwader Ju 52, die der Front entgegenflogen, ihm folgte eine Gruppe He 177 und ein paar Ju 290.

Ihre letzten Reserven, dachte Bärenbach.

Imrichs Frau hatte ihnen Wurst in die Rucksäcke gesteckt, Brot und in Papier eingewickelt etwas Salz.

Bärenbach spürte, wie Zdeněks Augen prüfend auf ihm ruhten, um dann wieder in die Höhe zu blicken, wo die nächsten Flugzeuge kamen. Bärenbach aß schweigend, blickte zu Boden und aß.

«Müde?» fragte Zdeněk.

«Ja», sagte Bärenbach. «Ich konnte nicht einschlafen.»

«Das kann passieren», knurrte Zdeněk.

Ich muß mich beherrschen, dachte Bärenbach. Wenn er den geringsten Verdacht schöpft, schießt er mich nieder. Aber wenn er ahnt, wer ich bin, will er mich lebend. Das ist mein Schutz, sie wollen wissen, wo Asmolow sich mit dem Stab aufhält. Zdeněk ahnt, daß ich es weiß. Im nächsten Hinterhalt, bei der nächsten Aktion, will er mich verraten. Aber wer wußte das genau? Wenn er hinter mir geht, kann er schießen, kann im Lager angeben, eine deutsche Patrouille hätte unseren Weg gekreuzt. Die Berge schweigen, und der Schnee ist ein Leichentuch, das erst im Frühjahr schwindet. Zdeněk war ein schweigsamer Mann, der selten sprach. Aber die Ohren hatte er überall. Je mehr Bärenbach in die Erinnerung zurückglitt, um so deutlicher wurde es ihm bewußt: Zdeněk... Oder bildete er sich das alles nur ein?

Vor ihnen lag ein Quertal mit dicht bewachsenen Hängen.

«Ein Dorf», sagte Zdeněk leise.

Gespenstig lag es vor ihnen, ohne Rauch. Doch dann, als sie näher kamen, sahen sie, daß es ein totes Dorf war, eines von den zerstörten Dörfern. Von manchen Häusern waren nur die verkohlten Balken geblieben, andere waren völlig niedergebrannt, ein paar nur zur Hälfte zerstört.

Die SS, dachte Bärenbach. Es gibt nicht nur ein Lidice. Es soll schon fünfzig geben. Fünfzig tote Dörfer in diesen Tälern!

Irgendwie verband sich auch Zdeněks Name mit den Ruinen. Und in der Gemeinde Nemecká hatten sie achthundert Menschen lebendigen Leibes in die Öfen der Kalkbrennerei gestoßen.

Sie schritten durch die Ruinen hindurch. Bärenbach vernahm ein Geräusch hinter sich, er riß die Waffe hoch und fuhr herum.

«Ein Fensterflügel schlug gegen das Holz», sagte Zdeněk gleichgültig. «Das sind die Nerven.»

Du hast die stärksten, dachte Bärenbach. Ich könnte nicht leben in den Reihen der Feinde so wie du in den unseren.

Die Fenster der halbzerstörten Häuser glichen dunklen Höhlen. Auf den Dächern saßen die Krähen, sie saßen auch auf den Dunghaufen der Höfe, die gefroren waren und die der Schnee bedeckte.

Krähen, Krähen, Krähen...

Sie flogen nicht auf, wenn sie sich ihnen näherten, starrten sie nur an. Den Toten hackten sie die Augen aus, erzählte man. Bärenbach hatte so etwas noch nie gesehen. Aber er mochte keine Krähen. Wenn hier Krähen aufflogen, lagen Tote in den Bergen. Die Krähen waren die Geier dieser Berge und dieser Täler.

Dann sah er den Friedhof. Sie liefen an ihm vorbei, an seinen Grabkreuzen, die wohl vor langer Zeit Totenpfähle gewesen waren. Noch aus heidnischer Vorzeit stammte der Brauch, in der man einst über dem Kopf des Bestatteten einen Baum pflanzte, damit die Seele fortleben würde im wachsenden und blühenden Baum. Später, viel später, setzte man nur einen Pfahl, in den Symbole des Lebens gekerbt wurden, zunächst Sonnenrosetten, Pflanzen, Blumen, später Monstranz, Weinstock oder Kelch. Bis zum Anfang dieses Jahrhunderts hielten die Bergbauern und Hirten an den Grabpfählen aus weichem Holz fest, versahen sie jedoch mit Querbalken oder Querbrettern, so daß kreuzähnliche Gebilde entstanden. Und um sie vor dem Regen zu schützen, dem Schnee und jedem Wetter, trugen die ein bis zwei, ja sogar bis zu vier Meter hohen Pfahlkreuze Überdachungen aus Holz oder Blech.

Zdeněk blickte geradeaus, als sie an den Kreuzen vorbeischritten.

Sie berühren ihn nicht, dachte Bärenbach. Das gesamte Dorf ist tot, ein einziger großer Friedhof. Wie viele Denkmale werden wir zu bauen haben nach diesem Krieg? Wieviel erträgt dieses kleine slowakische Volk, ohne daß man ihm den Stolz bricht? Keiner zerbricht dieses Volk, keine Waffen, keine Verräter! Es wird kämpfen bis zum letzten Mann. Einen Augenblick lang dachte Bärenbach an Hanuš.

Der Sturm setzte plötzlich ein, als sie über einen sattelförmigen Bergrücken schritten. Als sie sich durch ein Hochtal quälten, kam er ihnen wie durch eine Düse entgegen. Er trieb die Schneeflocken vor sich her, die ihnen Augen, Mund und Nase verklebten und die das Atmen schwer machten.

Dann schritten sie durch ein Tal, das ihnen Schutz bot vor dem Sturm, aber sie mußten wieder zum Kamm hinauf. Zdeněk zog den Schlitten. Jeder zog ihn immer eine Stunde lang. Am besten lief es sich im dichten Wald oder in den schmalen Gängen einer Schonung. Nur hier konnte der Sturm nicht hin.

Dann rief ein Posten ihrer Einheit sie an.

Dukla!

Moskau!

Als Zdeněk schon im Bunker lag, ging Bärenbach zu Bretislav. Aber den Hauptstab der Partisanen konnten sie nicht mehr fragen, denn lange schon waren die Batterien der Funkgeräte schwächer und schwächer geworden. Empfang und Sendung waren nicht mehr möglich.

Sie verhörten Zdeněk noch in dieser Nacht, und jeder Mann aus Bärenbachs Gruppe war dabei. Bärenbachs Stimme bebte, als er alles sagte, was er von dem Jungen wußte, jedes Wort. Aber er wich Zdeněks Augen nicht aus. Doch Zdeněk sprach nicht. Er schwieg.

Und Bretislav überlegte einen Moment, dann befahl er Zdeněk, die Jacke auszuziehen, die Bluse, das Hemd und den Arm zu heben. Und da war sie eintätowiert, die Blutgruppe, in der Höhle der Achsel. Das betroffene Schweigen im Kreis dauerte Minuten. Und das Schweigen war das Urteil.

«Wer?» fragte Bretislav.

«Ich», sagte Bärenbach, erhob sich und griff nach seiner MPi.

Schweigend, ohne sich umzusehen, schritt Zdeněk vor ihm her in den Wald. Verächtlich spuckte er in den Schnee, als er sich zu Bärenbach umwandte.

Bärenbach schoß zweimal, aber schon die erste Kugel war tödlich.

9

Es war Nacht, als Bärenbach seine Männer weckte. Beim Schein der Petroleumlampe zogen sie sich wortlos an, schlürften die Graupensuppe, die sehr heiß, aber ohne Fleisch in den Kochgeschirren dampfte, und warfen die Maschinenpistolen über die Schulter, ehe sie aus den Bunkern traten.

Das kurze Aufflammen einer Taschenlampe am Berg gegenüber signalisierte den Abmarsch.

«Ein guter Mond», knurrte Hanuš. «Man sieht was.»

«Aber man wird auch gesehen», sagte Bärenbach. Er hatte ein ungutes Gefühl bei diesem Einsatz, er konnte es sich nicht erklären, aber es war da. Irgend etwas kam auf sie zu. Eine Gefahr lauerte auf sie. Ein Hinterhalt? Sie marschierten bergab in lockerer Doppelreihe, später einzeln hintereinander, weil es sehr steil bergab ging und der Schnee gefroren war. Sie marschierten schweigend. Zwischen den Wipfeln der Kiefern begleitete sie ein fahler, leicht verschleierter Mond.

Es wurde ein sehr weiter, ein sehr langer Marsch, aber der Feind würde sie am Einsatzort nicht erwarten.

Sie erblickten die Bahnschienen. Hier rollten Transporte zur Front. Wagen mit Fahrzeugen und Geschützen, Material, Munition und Menschen.

Auch wir brauchen die Munition, dachte Bärenbach, brauchen sie nötiger sogar als die Nahrung. Drei Tage, vier, ja sogar fünf konnte man aushalten ohne Bissen, aber nie ohne Munition, weil man dann nicht kämpfen konnte.

Wsewolod bereitete die Sprengung vor. Er war ein Meister im Umgang mit den Minen. Er hatte schon Ladungen angebracht, die eine Lokomotive zerrissen.

Wenn der Zug kam, voll beladen mit Munition, wenn die Lokomotive über die Stelle fuhr, wo der Kontakt lag und explodierte, würde der Kampf mit der Begleitmannschaft beginnen. Zu beiden Seiten der Gleise lagen Bärenbachs Männer im Wald. Er war froh, daß er gute Schützen besaß, denn je besser sie trafen, um so geringer wurden die eigenen Verluste. Aber der Gegner wurde auch so schwächer. Die erfahrenen Soldaten der vergangenen Kriegsjahre waren gefallen, ihre Plätze nahmen Männer ein, die man früher, als die Wehrmacht siegte, nicht an die Front befohlen hätte. Auch die Technik des Feindes wurde immer schlechter, die Geschütze waren ausgeleiert, und die Patronen verklemmten die Schlösser der Gewehre.

Wsewolod würde die Minen vom Wald aus zünden, und die Explosion sollte große Teile des Gleiskörpers zerstören, damit es dauerte, bis die Wehrmacht alles repariert hatte. Wsewolod berechnete die Ladungen allein, und er brauchte dann auch nur zwei Gehilfen. Er unterminierte die Gleise auf beiden Seiten, er verließ sich nicht auf die Ladung unter dem einen Gleis. Brachte er die Minen dort nicht zur Explosion, so gelang es mit den Minen unter dem anderen Gleis gewiß. Er war ein genauer Mann. Und doch war einmal überhaupt keine Explosion erfolgt, und der Zug fuhr vorbei. Bei einem anderen Mal erfolgte die Explosion erst, als die Lokomotive und zwei Wagen die Minen passiert hatten.

Das Mondlicht brachte die Schienen zum Glänzen.

Hoffentlich kommt er pünktlich, dieser Zug, dachte Bärenbach.

Der Wink war von einem Kontaktmann gekommen, der auf dem Bahnhof arbeitete: ein Munitionszug. Wie wichtig ist diese Munition für uns, sann Bärenbach.

Wsewolod arbeitete beinahe lautlos an den Gleisen. Wie eine Katze, dachte Bärenbach, gleitet er durch die Nacht.

«Hast du noch ein paar Krümel Machorka?» fragte Hanuš. Er drehte sich die Zigaretten aus Zeitungspapier wie ein Rotarmist.

«Nein», sagte Bärenbach, «nicht einen.»

«War nur eine Frage», Hanuš lächelte. «Verflucht kalt.»

Bärenbach nickte, aber seine Gedanken waren bei der Aktion.

Wsewolod rutschte aus auf dem Steinschotter zwischen den Schienen, aber er arbeitete sofort weiter. Das dumpfe Rollen des Zuges war in der Ferne zu hören, und dann sahen sie die weiße Wolke aus Qualm über den Bäumen.

«Choroscho», knurrte Wsewolod und tauchte zwischen die Bäume des gegenüberliegenden Bahndammes, zu seinem Standort, von dem aus er die Explosion auslösen wollte.

Sie hörten nur noch den Zug.

Die Lokomotive zog sechs Wagen. Wsewolod würde die Lokomotive sprengen, denn die Partisanen brauchten den Inhalt der Waggons, brauchten ihn unversehrt.

Ein fürchterliches Krachen zerriß die Luft und ein greller Blitz. Der Kessel!

Bärenbach verspürte den Luftdruck der Explosion, der durch den Wald rollte. Die Waggons sprangen aus den Schienen, zwei kippten um. Aus den Waggons stürzten Soldaten in den Schnee, sie feuerten in den Wald, doch den unsichtbaren Gegner trafen sie nicht. Aber dieser Gegner traf sie.

Bärenbach hatte Einzelfeuer befohlen, es reichte für die Begleitmannschaft eines Zuges.

«Sie sind alle tot», sagte Hanuš, als es still geworden war.

«Warte noch einen Augenblick», bat Bärenbach.

Wie ein riesiger zertrümmerter Koloß lag der Zug im Schnee.

«Jetzt», befahl Bärenbach.

Die Männer erhoben sich und gingen auf die Waggons zu.

«Hoffentlich viel Munition», knurrte Hanuš, der das Einzelfeuer haßte, lieber Salven schoß.

Ein Karabiner bellte plötzlich los, seine Geschosse

schlugen Hanuš in die Brust und in den Bauch. Er riß den Mund auf, aber er schrie nicht, er behielt ihn offen, als er in den Schnee stürzte.

Bärenbach warf sich zu Boden, und noch im Fallen griff er nach der Handgranate, warf sie in das Bremserhäuschen, aus dem Hanuš das Mündungsfeuer entgegengeschlagen war. Dort fanden sie den toten Schützen.

Bärenbach konnte es nicht fassen, als er sich über Hanuš beugte. Nie zuvor hatte ihn der Tod eines Kameraden in dieser Weise getroffen, daß er minutenlang wie betäubt stand. Er hatte viele Tote gesehen. Manche Kameraden waren schwer gestorben, manche ohne Schmerz.

Hanuš, hämmerte es in seinem Kopf, Hanuš. Warum war Hanuš der einzige Tote bei dieser Aktion? Warum gerade er?

Wsewolod sprengte die Waggons mit der Artilleriemunition, als sich die Männer schon auf den Rückweg machten.

Unendlich müde fühlte sich Bärenbach.

Hanuš, dachte er immer wieder, Hanuš.

Wie oft waren sie beide gemeinsam dem Tod so nahe gewesen? Wie oft...

Und dann, als sie im Bunker lagen, träumte er von einer Höhle, die tief hineinführte in den Berg, tiefer und tiefer. Hanuš kroch vor ihm her, und so schnell tat er es, daß Bärenbach ihm nicht folgen konnte. Immer ferner sah er das Licht der Taschenlampe, die Hanuš hielt. Und dann, ganz plötzlich, war Bärenbach allein im Dunkel. Aber er durfte nicht schreien, weil die SS sonst den Eingang der Höhle finden würde. Wsewolod rüttelte ihn wach.

Die Tropfsteinhöhle Bystrianska jaskyňa, dachte Bärenbach, zwischen den Ortschaften Valaská und Bystrá. Mit Hanuš und Wsewolod hatte er sich zurückgezogen in diese Höhle, als sie die SS nicht abschütteln konnten. Tiefer und tiefer waren sie hineingekrochen in die horizontalen korridorartigen Räume, die ausgehöhlt waren durch das Wasser des Baches Bystrianska.

Stalagmiten und Stalaktiten waren schneeweiß gewesen. Hanuš kannte viele solcher Schlupfwinkel, so die Höhle der Gemsen im Nebenkamm Koziechrbty und die Höhle der toten Fledermäuse. Keiner wäre ihnen gefolgt in eine solche Höhle, auch nicht der furchtloseste SS-Mann oder Hlinkagardist.

Alles, das wußte er, was er mit Hanuš erlebt hatte, würde wiederkommen in der Erinnerung. Immer wieder. Tote gab es, die vergaß man nie. Und Hanuš war wie ein Bruder gewesen.

10

Hinter den Höhen, die vor ihnen lagen, hörten sie das Artilleriefeuer. Die Front kam immer näher, und sie kämpften im Rücken der deutschen Hauptkampflinie. Ein dumpfes, anhaltendes Grollen kam von den Bergen her wie ein drohendes, fernes Gewitter.

Sie hörten die Abschüsse der sowjetischen Salvengeschütze, aber ihre prasselnden Aufschläge lagen noch fern.

Sie hörten die heulenden Geschosse der Raketengeschütze, deren grausigen Klang, und Bärenbach hätte nicht tauschen mögen mit den Männern in den Schützenlöchern, die Deutsche waren wie er.

Wenn die großen Geschütze schwiegen, schossen nur noch die Granatwerfer, und wenn sie verstummten, kamen die stählernen Kolosse, weißgestrichen, Bäume niederwalzend und Sträucher und jedes Schützenloch – die T 34, eine Lawine von Panzern. Bärenbach erschauerte, wenn er sich einen solchen Angriff vorstellte.

Die schweren Waffen schossen sehr lange, als wollten sie die deutsche Hauptkampflinie wieder und wieder umpflügen. Durch den aufgewühlten Schnee der Landstraßen war eine Division faschistischer Truppen an die Front gerollt, und die Partisanen hatten sie mehrfach angegriffen und Offiziere, die in einem Kübelwagen vom Divisionsgefechtsstand kamen, gefangengenommen. Es war eine angeschlagene Division, aber sie besaß doch noch achtundvierzig schwere und leichte Feldhaubitzen, zehn Sturmgeschütze, achtzehn leichte und schwere Infanteriegeschütze und Granatwerfer aller Kaliber. Aber ihre Bataillone hatten nur noch zwei Kompanien.

Das Grollen drang bis in den Schlaf, bis in die Bunker. Bärenbach lief im Traum auf einem Bergpfad, schritt neben Hanuš, neben Fechner, neben Andrej, neben Naćo, blickte plötzlich in Zdeněks verschlossenes Gesicht und erwachte erschrocken, schlief wieder ein. Das ferne Grollen tat unsagbar wohl. Er sah das Dorf im Tal der Hornissen, er kam vom Hang herab, und er sah die Frau, die aus dem Stall heraustrat mit zwei Eimern. Und er lief auf sie zu, doch als sie ihn erblickte, eine Strähne aus der Stirn strich, da brachte er ihren Namen nicht über die Lippen. War es Manja, war es Rosel? Verschmolzen sie in der Erinnerung? Er sah seinen Sohn, sah ihn größer, als er wirklich war. Er lief auf ihn zu, und als er ihm ganz nahe war, besaß er Jans Gesicht, war Manjas Junge...

Er schreckte hoch. Im Dämmerlicht des Bunkers blickte er in Wsewolods im Schlaf entspanntes Gesicht. Draußen war es Tag. Und wenn die Nacht kam, würden sie zwei Brücken sprengen und eine Straße und wenn sie noch Glück hatten, einen ganzen Konvoi.

Ich habe geschwitzt, dachte Bärenbach. Wenn die Malaria wieder... Ich besitze keine Tabletten mehr. Mir brennt der Kopf wie im Fieber. Aber der Malariaanfall beginnt anders. Bärenbach richtete sich auf und schritt im Bunker auf und ab. Er spürte keine Schwäche. Er kam nur immer, dieser fiebrige Schweiß, wenn er an die Toten dachte. Er mußte wieder traumlos schlafen. Gewiß dachte er zu oft an seine toten Weggefährten. Oder erahnte er den eigenen Tod? Was hatte diese «weise Frau» in seiner Hand gelesen?

Das Grollen in der Ferne wurde stärker. Nahe war die Front, sehr nahe. Und je näher sie kam, um so mehr zerstörten Partisanen die Nachschubwege der Faschisten. Keine Straße durfte mehr sicher sein, kein Paß, kein Weg im Wald, der zur Hauptkampflinie führte. Sie griffen am Tag an und in der Nacht. Und je erschöpfter sie waren, das wußte Bärenbach, desto besser schliefen sie. Und ohne Gedanken an die Toten. Das Leben war nur noch Aktion, Wache, Schlaf.

Und noch immer trug der Feind den Tod in die Täler, machte die Gemeinden Balážen und Kalište dem Erdboden gleich. Auf keinen Soldaten sollte er dort gestoßen sein, auf keinen Partisanen, und doch hatte er es getan. Und der achtzehnte März und der zwanzigste würden als blutige Tage eingehen in die Geschichte der Täler. Aber der Feind konnte nur noch töten, nicht mehr siegen.

11

Bärenbach blickte vom Kamm herab in den Schneefall und dann über die drohende Kulisse der grauen Waldberge, deren Plateaus eingehüllt wurden von schwarzen Wolken.

Immer und immer wieder hatte er den Tag ersehnt, an dem man sie sehen würde, die ersten Panzer mit dem roten Stern.

Vor ihm lag das breite offene Tal, das bald Wiesen bedecken würden und dessen mittlerer und oberer Teil eng und bewaldet war, und er blickte zum Dorf, hinter dem sich eine faschistische Einheit eingegraben hatte. Es mußte ein Regiment sein, aber es war stark geschwächt. Auch gestern hatte Bärenbachs Gruppe eine lange Fahrzeugkolonne angegriffen, die zur Unterstützung des Regiments mit Lastwagen, Sanitätsfahrzeugen, offenen Kübelwagen, Feldhaubitzen und Sturmgeschützen herangeführt werden sollte. Die Minen Wsewolods unter der Brücke und auf der Straße und das gezielte Feuer aus den Wäldern hatten eine vernichtende Wirkung gehabt. Aber vielleicht waren diese Truppen auch schon demoralisiert gewesen.

In immer schnellerer Folge hatte Bärenbachs Gruppe in den letzten Tagen in die Nachschub- und Rückzugsbewegungen der Wehrmacht hineingefeuert.

Geschosse pfiffen über den Wald und schlugen auf dem Feld vor den gegnerischen Stellungen ein. Bald war der Schnee von Pulver und Erde schwarz. Die Granaten pflügten den Acker förmlich um. Dann schlugen die Geschosse in den Stellungen ein und trafen eine ganze Haubitzenbatterie und zwei Kübelwagen. Auf ein wahres Inferno blickte Bärenbach, das nicht enden wollte. So plötzlich, wie sie begonnen hatte, schwieg die Artillerie.

Und oben aus dem Wald tauchten sie auf: Panzer, Panzer, Panzer... Wie eine stählerne Lawine rollten sie herab. Ihnen folgte die Infanterie. Der harte Knall der Panzerkanonen schien lauter zu sein als das Feuer aus den Rohren der wenigen Feldhaubitzen. Doch unbeirrt rollten die Panzer weiter.

Die deutschen Soldaten verließen ihre Gräben, liefen hinein in den nahen Tannenwald, aber sie hatten die Panzer im Nacken, die alles zerstampften, jeden Graben, jeden Mann, jeden Baum.

Bärenbach war allein ins Tal gestiegen und ohne MPi, nur mit seiner Pistole, hatte sich bei einem Posten der Roten Armee gemeldet und war ohne Verzug weitergeführt worden zu einem Haus im Dorf, das noch unversehrt stand. Dann blickte er in die Augen eines sowjetischen Majors, die ihn zu durchdringen schienen und die mißtrauisch wurden, als sie auf seiner Uniform ohne Rangabzeichen ruhten.

Und plötzlich begriff Bärenbach die Gefahr, in der er schwebte, die tödliche Gefahr.

Der Major mit dem Arm in der Binde konnte ihn erschießen lassen, als Deserteur oder als einen aus der fünften Kolonne der Deutschen, denn Bärenbach war in einer Uniform der Roten Armee gekommen. Und Funkkontakt zum Hauptstab bestand schon lange nicht mehr, und Oberst Asmolow hatte es wohl schon längst verlassen, das Tal Lomnistá dolina.

«Ich kenne Asmolow», sagte der Major hart. «Erzählen Sie von ihm, und erzählen Sie von dem, was vor Ihrem Einsatz lag.»

Das Detail, dachte Bärenbach, entscheidet, ob das Mißtrauen aus diesen Augen schwindet. Und er sprach von Asmolow, diesem bärbeißigen Alexej Nikititsch, von Kiew, von Ufa, vom Wasserschloß, blickte in die Augen hinein, wich ihnen nicht aus.

Der Major hörte schweigend zu. Kein Muskel regte sich in seinem Gesicht. «Sie sind ein Deutscher», sagte er, und der Haß machte seine Stimme leise.

Bärenbach spürte den Schweiß unter den Achselhöhlen.

Was geschieht, dachte er unvermittelt, wenn jetzt, in diesem Augenblick, eine versprengte Einheit der SS angreift? Was würde er tun, dieser Major? Was müßte er denken? Was galt hier ein Einzelschicksal? Was galt ein einzelnes Leben? Der Mann mit den braunen mißtrauischen Augen hat eine halbe Kompanie verloren am gestrigen Tag. Und ich sitze vor ihm in der Uniform seiner Armee!

Schweigend musterten sie einander, Bärenbach und der Major. Der Major runzelte die Stirn, noch immer. Dann erhob er sich und schritt auf und ab, wobei er das linke Bein etwas nachzog.

Ich hätte zusammen mit Wsewolod gehen sollen, dachte Bärenbach. Es wäre besser gewesen. Und wenn mir dieser Major nicht glaubt?

Bärenbach blickte zum Fenster. Durch zerbrochenes Glas trieb der Wind Schneeflocken ins Zimmer. Sie fielen auf den Boden, lösten sich auf.

Der einzelne, dachte Bärenbach, ist eine Schneeflocke, nichts als eine Schneeflocke in diesem Krieg. In den nächsten Minuten kann ich tot sein. Der Major weiß, daß ich ein Deutscher bin, und seine Familie kann in einem Massengrab bei Kiew liegen oder anderswo. Er kann auf uns treffen voller Haß. Sein Haß auf uns Deutsche kann so stark sein wie der von Slowaken. Dann war die Ahnung von meinem Tod die Wahrheit. Dann kam er jetzt!

«Warten Sie», sagte der Major und verließ das Zimmer.

Weitere Flocken tanzten in den Raum. Bärenbach saß reglos, sah dem Flockenfall zu.

In einem Nebenraum mußte ein Feldtelefon stehen. Er hörte die Stimme des Majors, aber er verstand die Worte nicht. Sicher ging es um ihn, ganz sicher.

Was würde ich tun, wäre ich der Major, dachte Bärenbach. Aber sie müssen doch wissen, daß sie auf Partisanen treffen werden! Doch kann ich nicht auch ein Faschist sein in der Uniform der Roten Armee? Es gibt solche Einheiten, und der Feind setzt sie ein. Für diese Männer aber gibt es kein Pardon, nur die Kugel. Diese Männer hatten Dinge gewußt, die keiner für möglich gehalten hätte und russisch gesprochen, als wären sie in Minsk geboren worden, in Odessa oder Swerdlowsk.

Wenn der Major mich für einen solchen Mann hält, bin ich verloren. Und ein Posten steht vor der Tür und auch, wenn ich aus dem Fenster springe, komme ich nicht weit. Bevor ich hineintauchen kann in den Tannenwald, habe ich eine Salve im Rücken.

Der Wind rüttelte an den Fenstern, immer heftiger. Bärenbach vernahm die Stimme des Majors nicht mehr. Was würde mit ihm geschehen? Er schrak zusammen, als die Tür aufgerissen wurde. Der Tod durch die eigenen Leute, dachte Bärenbach, ist der schlimmste Tod. Er ist ohne Sinn.

Der Major trat auf ihn zu. Er reichte Bärenbach seine linke unverletzte Hand, und er lächelte müde. «Holen Sie Ihre Einheit», sagte er. «Oberst Asmolow braucht Sie bald.»

EPILOG

Sie fuhren mit dem Jeep in das Bergdorf hinauf, von dem Hanuš erzählt hatte.

«Das letzte Haus», sagte Bärenbach zu Wassil, dem Georgier, den er seit dem Tage kannte, als er hinabgestiegen war in das Tal zur ersten Einheit der Roten Armee.

Es waren seine einzigen Worte während der Fahrt, aber auch Wassil wußte, warum sie hinauffuhren in dieses Dorf. Mit jedem Meter, den sie dem Dorf entgegenfuhren, wuchs das Gefühl der Beklemmung in Bärenbach. Unendlich schwer sprach es sich vom Tod eines Freundes.

Der Schnee lag nur noch in Flecken auf den Hängen, und an den Sträuchern würde bald der gelbe Ginster blühen und abends wie geschmolzenes Gold leuchten. So hatte es Hanuš gesagt.

Hanuš...

Die Sonne brannte schon sehr warm, aber Bärenbach fröstelte es. Doch diesen Gang war er Hanuš schuldig, es war das einzige, was er noch tun konnte für den toten Freund.

Das Dorf...

Sie rollten vorbei an den ersten Häusern, und Bärenbach schien es, als zögen der Jeep und ihre Uniformen die Blicke aller Dorfbewohner an, denn sie traten aus den Häusern, winkten, riefen einen Gruß auf slowakisch, einige riefen ihn auf russisch. Kinder liefen dem Auto nach, um sich an seinen Seitenwänden festzuklammern.

Aber Bärenbach und Wassil mußten höher hinauf, zum letzten Haus.

Müde winkte Bärenbach zurück und mit gezwungenem Lächeln.

Zum allerletzten Haus mußten sie hinauf.

Und da sah Bärenbach die Frau aus der Tür treten.

Sie ist es, dachte er. Sie war sehr jung und trug die Haare lang und schwarz. Aber Bärenbach stutzte, weil sie ein Baby in den Armen trug. Nie hatte Hanuš von ihrer Schwangerschaft gesprochen!

Bärenbach stieg sehr langsam aus dem Jeep, und während er auf die Frau zuschritt, waren alle Worte, sorgsam und auf slowakisch zurechtgelegt, vergessen.

«Halina?» fragte er leise und gab der Frau die Hand und hoffte, daß es nicht Halina war.

Die Frau lächelte unsicher. «Ja?»

«Ich habe mit Hanuš in den Bergen gekämpft», sagte Bärenbach. «Ich war sein Freund.»

Das Gesicht Halinas erstrahlte. «Sie bringen einen Gruß?» sprudelte sie heraus. «Von Hanuš? Der Kleine ist sein Sohn! Hanuš weiß es noch nicht. Der Junge ist früher gekommen und doch ist er gesund...»

Bärenbach schwieg. Ihm war, als wiche das Blut aus seinem Kopf und aus seinen Händen. Eine beklemmende Kälte begann ihn zu erfüllen. Dann mußte sie schwanger geworden sein beim letzten Beisammensein mit Hanuš! Und Hanuš hatte sie nicht mehr gesehen seit damals, nichts gewußt! Konnte es nicht wissen!

«Warum ist er nicht mitgekommen?» fragte Halina. «Wann kommt er? Sein Sohn wartet, ich, alle...»

Bärenbach nickte hilflos. Der Schmerz verschloß ihm den Mund. Er atmete schwer und nahm die Uniformmütze ab. Sie begriff nicht...

«Du mußt ganz stark sein, Halina», sagte er leise, und er sah den Freund plötzlich leibhaftig neben dieser Frau stehen, sah Hanuš, den lachenden Hanuš, so wie er ihn selten erlebt hatte, mit dem Grübchen im Kinn. Hanuš, der das Holz schlagen wollte in den Bergen nach dem Krieg wie schon sein Vater, sein Großvater, Hanuš, der einmal auf dem Hauptkamm mit ihm wandern wollte, von seinem Anfang bis zu seinem Ende. Hanuš stand neben Halina, für die seine groben Holzfällerhände zärtlich wurden, als gingen sie mit feinstem Glas um.

Bärenbach rieb sich die Augen, und als er sich mit dem Handrücken über die Stirn fuhr, spürte er den Schweiß. Immer, dachte er, werde ich mit den Toten dieser Berge leben, immer. Im Wachen, im Traum, Hanuš, Manja, Náco... Die Schicksale, die sich vollzogen hatten in diesen Bergen, in diesen Tälern. Aber jedes schaffte man sich mit der eigenen Hand, mit dem eigenen Blut. Nicht anders. Aus keiner Handfläche würde man es je lesen können. Und dann dachte er an Rosel, und das Gefühl der Schwäche in seinen Knien wurde noch stärker, und die Kälte erfüllte nun seinen ganzen Körper. Was erwartete ihn selbst?

Halinas Augen waren groß und starr auf ihn gerichtet, und er griff nach dem Baby, weil er befürchtete, daß es ihr aus den Armen gleiten würde. Aber Halina preßte es an sich.

Die Rufe in Bärenbachs Rücken erstarben, denn alle Blicke galten nur Halina, die Bärenbach noch immer anblickte, weil sie seine Worte nicht fassen konnte oder wollte. Dann aber preßte sie ihr Gesicht an das des Babys.

Warum singen die Vögel so laut, dachte Bärenbach, lauter als anderswo, laut und schrill? Er haßte sie für ihren Gesang. Einen Winter lang hatte er sie herbeigesehnt, aber nun haßte er sie, ihren aufdringlichen frohen Gesang.

Nur die Stille der Berge wollte er in diesen Minuten, an diesem Tag.

Als Bärenbach in das Auto stieg, stand Halina noch immer vor dem Haus, und sie wiegte das Kind in ihren Armen. Tränen sah er nicht, weil ihre schwarzen Haare das Gesicht verhüllten.

Wie eine Lawine, die von den Bergen stürzte, hörte Bärenbach den Donner der fernen Front...

ISBN 3-327-00146-4

2. Auflage, 1986

Lizenz-Nr. 5
Printed in the German Democratic Republic
Gesamtherstellung: Offizin Andersen Nexö, Graphischer Großbetrieb, Leipzig
Lektor: Helge Paulus
Schutzumschlag, Einband und Illustrationen: Günter Lück
Typografie: Helmut Herrmann
LSV: 7001
Bestellnummer: 746 694 0
00600